THE FINAL QUESTION

对话最强大脑

精英眼中的未来世界

李大巍◎著

ZHEJIANG UNIVERSITY PRESS
浙江大学出版社

图书在版编目（CIP）数据

对话最强大脑：精英眼中的未来世界 / 李大巍著
. —杭州：浙江大学出版社，2019.3
ISBN 978-7-308-18846-3

Ⅰ.① 对… Ⅱ.① 李… Ⅲ.① 访问记—作品集—中国
—当代 Ⅳ.①I253

中国版本图书馆 CIP 数据核字（2018）第 295658 号

对话最强大脑：精英眼中的未来世界

李大巍 著

策 划	杭州蓝狮子文化创意股份有限公司	
责任编辑	黄兆宁 徐 婵	
责任校对	於国娟 程曼漫	
封面设计	水玉银文化	
出版发行	浙江大学出版社	
	（杭州市天目山路 148 号 邮政编码 310007）	
	（网址：http://www.zjupress.com）	
排 版	杭州中大图文设计有限公司	
印 刷	浙江新华数码印务有限公司	
开 本	710mm×1000mm 1/16	
印 张	15	
插 页	2	
字 数	167 千	
版 印 次	2019 年 3 月第 1 版 2019 年 3 月第 1 次印刷	
书 号	ISBN 978-7-308-18846-3	
定 价	49.00 元	

浙江大学出版社市场运营中心联系方式：0571-88925591;http://zjdxcbs.tmall.com

▸ 2015 年 2 月，李大巍和《从 0 到 1》作者、美国著名投资人彼得 · 蒂尔探索与众不同的艺术。

▸ 2015 年夏天，李大巍的他山石团队向凯文 · 凯利介绍中国的 VR 创业团队。

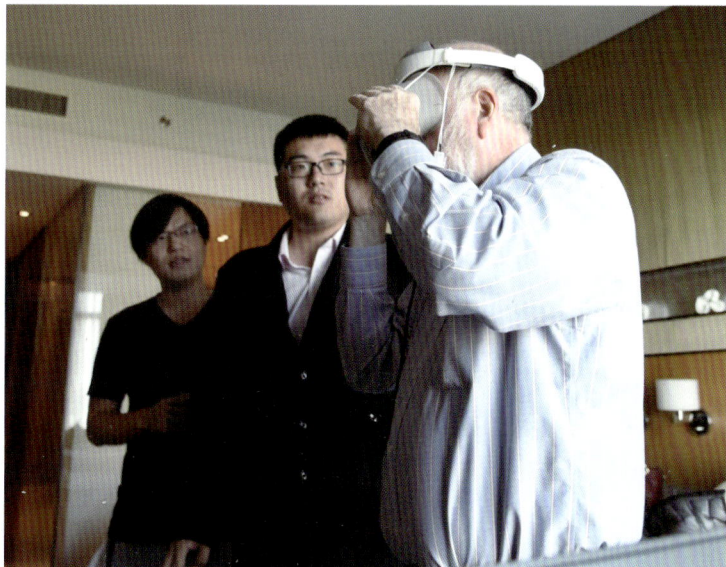

▸ 2016 年，李大巍和友人们一起在四合院接待奈斯比特夫妇。

▸ 2016 年春，李大巍在中国发展高层论坛上对话马丁·沃尔夫。

▸ 2016 年 10 月，李大巍和云经济学之父乔·韦曼参观杭州 G20 会场。

▸ 2016 年 12 月 30 日，舍弃王菲演唱会，李大巍和人工智能女王卡塞尔以及硅谷布道师皮埃罗在北京吃火锅。

▸ 2017 年年初，和美国第一位人类学女博士、人工智能女王卡塞尔 85 岁的老母亲（左二）以及卡塞尔本人（左三）一起探讨青春、爱情和生命的真谛。

▸ 2017 年 5 月，李大巍及奈斯比特夫妇连同他山石智库同仁们做客腾讯腾云智库。

▸ 2017 年 5 月，李大巍和《失控》《必然》作者、互联网思想家凯文·凯利在余姚参观王阳明故居。

▸ 2018 年 3 月，李大巍在清华大学技术创新研究中心做英文讲座 "The safari of creativity: From Shandong to Athens"（创意的巡游：从山东到雅典）。

‣ 2018 年年初，李大巍和他山石智库同事在达沃斯世界经济论坛对话全球最强大脑。

‣ 2018 年年初，李大巍和人工智能女王卡塞尔教授拜访济南，为当地人工智能转型升级做咨询。

‣ 李大巍多次做客央视 CGTN（中国国际电视台），向全球观众宣讲和平崛起中国的科技、投资、创新前景。

"这个世界会好吗？"来自世界精英们的回答

吴晓波

"这个世界会好吗？"100年前，前清民政部员外郎、学者梁济向儿子梁漱溟抛出这个问题。在北京大学教授哲学的儿子回答说："我相信世界是一天一天往好里去的。"

"能好就好啊！"梁济说罢离开了家。几天后，梁济在北京积水潭投水自尽，用这种方式向旧世界告别。1980年，美国汉学家艾恺来中国专访梁漱溟。连续两周的访谈后，艾恺将他们的对谈录音整理成文，译作英文。这本对话录的标题便是："这个世界会好吗？"问题一直没有明确答案，让人思考至今。

在我看来，这也是贯穿大巍新作《对话最强大脑：精英眼中的未来世界》的核心问题。大巍将这一充满哲理和引人深思的问题，传递给当世的诸位大哲，并借由他们的视角给出丰富多彩的答案。

经过了 100 多年的现代化进程，尤其是经过了过去 40 年改革开放的洗礼，中国社会的物质生活进入历史最优状态，这本身已是伟大奇迹。但我们绝不能忽视的是，经济奇迹背后思想的力量。这些驱动中国经济不断向前发展的思想，是人类智慧的精粹。它们是马克思的《资本论》、亚当·斯密的《国富论》、马克斯·韦伯的《新教伦理与资本主义精神》、凯恩斯的《就业、利息和货币通论》、萨特的《存在与虚无》、马歇尔的《经济学原理》……这些经济学、哲学、文学、社会学思想跨越年代，跨越国境，潜移默化地影响着中国巨轮前行的方向。筚路蓝缕的中国改革开放进程中，这些思想家的千万学徒，默默领会、思考，洋为中用，古为今用，创造出一个又一个中国奇迹。

在 2011 年的《财经》年会上，1991 年诺贝尔经济学奖得主科斯发表了一段视频致辞。他说道："如今的中国经济面临着一个重要问题，即缺乏思想市场……一个运作良好的思想市场，培育宽容，这是一副有效的对偏见和自负的解毒剂。在一个开放的社会，错误的思想很少能侵蚀社会的根基，威胁社会的稳定。思想市场的发展，将使中国经济的发展以知识为动力，更具可持续性。而更重要的是，与多样性的现代世界相互作用和融合，能使中国复兴和改造其丰富的文化传统。"

在中国进一步改革开放和深入现代化的大背景下，思想市场的重要性不言而喻。

在我们谈及经济发展时，我们需要世界顶级经济学家，尤其是诸位诺贝尔经济学奖得主的谏言助力；当现代化进入深水区，当前行者们遇到百年未遇之大变局，洞察历史与未来发展规律的未来学家奈斯比特或可提供深刻洞见；当我们深入探讨人工智能等先进科技与人类未来，一定绕不开尤瓦尔·赫拉利、皮埃罗·斯加鲁菲等人的学说，也需要理解凯文·凯利的失控理论……时至今日，这些国际思想市场上最前沿、最卓越的智慧，依然在影响、驱动着我们的社会进步。大巍这本《对话最强大脑》便是以更加直接、快捷的方式，将这些人类最顶级的思想产品引荐给更多的国人。

思想与人的流动是近代欧洲繁荣的根本。回顾历史，经济学家乔尔·莫基尔认为，公元 1500 年后欧洲文化与"想法市场"的繁荣导致了"大分流"，进而带来了欧洲快速的财富积累。今天，更紧密的政治、经济和文化纽带让世界变得越来越不可分割。要实现各国技术能力水平的共同提升，不仅需要自由贸易，更需要跨越国境的知识与思想的流动，这本《对话最强大脑》，便是打破国界、促成思想自由流动的完美案例。

大巍不仅记录了 2011 年诺贝尔经济学奖得主萨金特对中国经济发展"隆中对"一般的警世恒言，还借自由市场经济骑手马丁·沃尔夫之口讲述全球化的前景；他在达沃斯的雪夜拜访了英国财政部前官员、剑桥大学经济学家戴安娜·柯伊尔，讲述中国经济的可能图景；他向当世最优秀的女科学家之一贾斯汀·卡塞尔询问如何激发女性领导力，如何培养未来的女性科学家，从而实现更具人文属性的科技发展；他向未来学家尤瓦尔·赫拉利、硅谷大哲凯文·凯利以及皮埃罗·斯加鲁菲反复抛出问题：科技想要什么？人类 2.0 是什么意思？人类是否正在与人工智能和谐共存？这本书中的所有对话，都贯穿着一个"终极之问"：明天会好吗？

这不仅是一个简单的问句，更是一个看清今天、看懂明天的方法。这本书里作者对话的 12 位人类顶尖的思想家，每个人都站在思想学科的厚重根基上，为此问题，给出答案。

期待这些答案，也能带给你对这个世界——更加深刻的理解。

世界领袖对"终极之问"的回答：青春、执着和爱

　　由于命运的安排，过去十年间，我接触了很多世界顶级的思想家和商业领袖，并与其中很多人成为莫逆之交。这其中，包括数十位诺贝尔奖得主、国际组织领导人以及世界科技、投资、创新领域的顶尖人物。青春、执着和爱，是我每次和这些精英们接触后，最为强烈的感受。

青春

　　青春永远不是一个个年龄数字，而是对心中理想的不懈努力。74 岁的诺贝尔奖得主萨金特，为了马甲线每天都在健身房里挥汗如雨。88 岁的未来学家奈斯比特，顽皮地坦诚自己经常有性生活。

人工智能女王卡塞尔，最钟爱的是田园式碎花裙和摇滚少女发型，当她穿梭在达沃斯一个又一个思想家的聚会上，和一个又一个世界领导人交流时，你看到的只有青春。因为强烈的探索精神，他们在理想面前保持着最旺盛的精力与渴望，是永葆青春的一群人。

执着

他们像夸父一样执着，像女娲一样执着，困难、时间、考验都不值一提。他们都有着挚爱的事业，有贯穿数十年的研究主题，更有支持他们持续、深入地研究探索的执着精神。经济评论家马丁·沃尔夫，40年来一以贯之地为全球化和自由市场辩护；未来学家凯文·凯利，始终对人类理性怀有信心，对人与人工智能的共同未来满怀憧憬；剑桥教授柯伊尔和人工智能女王卡塞尔，不仅自己打破了本学科领域的玻璃天花板，更一如既往地鼓励年轻女性学者勇于做领导者；硅谷精神布道师皮埃罗，探索的步履从雅典到杭州，思考的半径从希腊罗马文明到宋元文明，以期寻求人类共同的创新基因。

爱

这些站在时代之巅的人们，既爱整个人类，又常被某一个具体的人的境遇所触动。当《灰犀牛》作者米歇尔·渥克说到一些失业工人家里朝不保夕，当奈斯比特夫妇谈到一些失学的女童，当卡塞尔提到滥用高科技致使的人间悲剧，我听到他们的哽咽，感受到他们的同情和怜悯。当我听到约翰·奈斯比特年逾花甲为追求真爱放弃所有奔赴欧洲时，当我得知皮埃罗寻觅半生刚刚抱得一生挚爱归时，我被他们爱的无所畏惧、爱的真诚所感动。

我们的世界会变得更好吗？这个疑问由来已久，当古希腊第一位自然科学家和哲学家泰勒斯看到不远处希腊城邦的烽火，当思想家和哲学家老子穷尽一生心力传道解惑而不果，终于在夕阳下一人一骑出走函谷关时，当今日一个普通高三学生考试后坐在操场上眺望远处的晚霞和海涛时，他们或许都做如此想。2000多年过去，人间没有换，烽火依旧、夕阳依旧、涛声依旧。

我们的世界会变得更好吗？就在当下的2018年，气候变暖来势汹汹，北半球的夏季炎热难耐；为世界经济发展注入无限动力的全球化正危机四伏；民粹主义死灰复燃，种族冲突依然难解；阶层的不平等、贫困的传递和族群之间的相互排斥仍在加剧……科技不断进步，经济不断发展，但与千年前相比，我们似乎并没有得到更多的爱和安全感。我们看到科技在改善我们的生活，可是我们也看到科技在制造垄断、加强威权，在解放人类生产力的同时，也在束缚着我们的自由。未来的世界，真的会更好吗？我渴望得到一个确切的答案。

我们的世界会变得更好吗？找到这个人类社会的"终极之问"的答案并为之行动，一直是我的梦想。我希望可以汇聚一群全世界最优秀的科技、投资、创新、哲学、经济学领域的精英人士，从他们的口中获得答案，再携手一群兼具真心、正义、无畏和同情心的平凡人践行之，创造更美好的中国和更美好的世界。

我们的世界会变得更好吗？这问题其实也是以下的几个问题：今天依然可以中学为体、西学为用吗？性别平等的生物学依据、经济学解释、社会学价值和政策裨益是什么？技术本身是否具有生命和自己的道德律？理性的局限，发展的极限，生命的界限——如何被基因技术、长寿科技和人工智能一一突破？

预测未来的最好办法就是躬身创造它，"未来"是动词，不是名词，不是一段描述，而是行动。它是被人文主义和理想主义激发、被高科技赋能、被经济学加杠杆、被诗人赐予浪漫意义的行动。我邀你一起出发，用永不落幕的青春、执着和爱把未来创造成我们想要的样子。

李大巍

06

马丁·沃尔夫：
全球化的新舵手——中国

07

米歇尔·渥克：
驾驭灰犀牛的艺术

08

托马斯·J. 萨金特：
健身房里永葆青春的诺奖经济学家

09

乔·韦曼：

从云经济学之父到新零售教父

10

彼得·蒂尔：

审视科技、商业、未来的哲学

11

戴安娜·柯伊尔：

经济学家和高尚的学科

12

贾斯汀·卡塞尔：
人工智能女王眼中的人类未来

回1

凯文·凯利：
未来来客

如果说，每个人成长过程中都需要在某种程度上寻找精神导师，那凯文·凯利就是过去几年间我科技哲学思想的导师。

我第一次记住这个名字，是在 2011 年。我读到了他的代表作——《失控》。这是他的第一本书，著于 1994 年。"非常长，非常复杂，涉猎的话题非常广泛——我也不知道该怎么总结。"凯文·凯利说，他从未期待过这本书会有大量的读者，毕竟他阐述的是小众且多少有些晦涩的话题：分布式生存、自下而上的控制、递增收益、模块化生长、谋求持久的不均衡态、变自生变……这些话题在 20 多年后的今天，或许并不稀奇，但想象一下，那是在中国刚刚接入互联网的 1994 年。要知道，那时脸书创始人扎克伯格还在读小学，乔布斯已经被苹果炒鱿鱼了，伟大的苹果帝国还没有一点影子。

然而，这本书在 2010 年被引入中国时，几乎引爆了整个互联网界。人们热切地谈论凯文·凯利在 16 年前为互联网做出的预言如何一一成真；互联网行业的巨头们更是争相与他对话，一时间凯文·凯利成为马云、马化腾、李开复、张向东等互联网大佬的座上宾。他在中国的演讲几乎场场座无虚席，人们都迫切期望得到这位未来来客的点拨，找到互联网未来的发展方向。

不得不说，我也是那众多热忱粉丝中的一员。幸运的是，从2014 年开始，我就有了和凯文·凯利深度接触、合作的机会。彼时，我和中国社群领袖联盟的孔剑平主席邀请他来中国参加首届中国社群领袖峰会。此后，我每年都会与他见面一两次。2015 年，我带他亲身体验了几家中国创业公司的虚拟现实（VR）产品，参与协助他第一部科幻小说《银带》在中国的出版。2016 年，我邀请他来中国参加了一系列人工智能、机器人峰会，与地方官员、创业者、企业家见面。2017 年，我又让凯文·凯利体验了一把中国"知识付费"和直播的浪潮：我和他的出版人合作，在喜马拉雅音频平台上推出了凯文·凯利的音频产品，还参与了他的直播处女秀。

在我真正和凯文·凯利接触前，我一直以为他是个极度聪明、狂热的科技极客。"但是你知道吗，2010 年我来中国时，我才买了第一部智能手机和第一台笔记本电脑！"我们第一次见面时，凯文·凯利就说到这一细节，顽皮地向我眨眼，而后哈哈大笑。他不用电子阅读器，到现在也每天浏览纸质版的《纽约时报》。他还很少上网，从没在互联网公司工作过。"其实我是一个落后于时代的人。" 但或许这才是凯文·凯利的独特之处。他不是互联网的从业者，甚至不是互联网产品的典型用户。但他观察这些从业者，他观察用户，他观察人和科技的关系，思考科技的走向。他是这个变化万千的互联网时代里独立、冷静、客观的观察者。

事实上，他的经历也与那些有着耀眼藤校文凭和闪亮巨头公司从业经历的硅谷大佬大相径庭。20 世纪 70 年代，只读了一年大学便辍学的凯文·凯利，只身来到亚洲"探险"。这段经历，被他称作人生最美妙的经历之一。他以摄影师的身份，深入亚洲腹地，从伊朗到日本，拍下大量纪实照片。1979 年，他回到美国。然后，他骑着一辆自行车横跨大陆，一路写诗作画。

一直到 30 岁，凯文·凯利才结束"嬉皮士"的浪游生活，开启新的人生篇章——加入斯图尔特·布兰德麾下的《全球评论》，一路做到主编和出版人。在 20 世纪 80 年代，《全球评论》被视为嬉皮士运动的重要刊物，它反权威、反资本垄断，相信技术会让世界变得更好，相信一个开放、协作、去中心化的技术乌托邦。这本前沿的科技杂志，吸引了一大群极客，乔布斯也是它的忠实粉丝。1993 年，凯文·凯利又参与创办了另一本科技杂志《连线》并担任主编，这本杂志关注科技与文化、经济和政治的关系。凯文·凯利由此逐渐成为网络文化的标志性人物，主导着美国硅谷乃至科技圈的舆论、思想风向。

他感兴趣的事情，远不止于此。早在 1985 年，凯文·凯利就参与创办了第一个互联网虚拟社区 The WELL，发起了第一届"黑客大会"。作为自然爱好者和环保主义者，他还曾参与"林奈行动"（Linnaean Enterprise）——为地球上"所有物种"建立网络档案。

现在，66 岁的凯文·凯利还在持续写作。《失控》之后，他又写了《科技想要什么》《技术元素》两本畅销书。2015 年的新书《必然》，预测了未来二三十年的世界发展趋势。不过，他告诉我，他现在的精力和兴趣点又回到了他最初的爱好——摄影、拍纪录片，记录当下的世界，畅想未来的世界。我从未见过任何一个未来学者可以像他这样在虚拟与现实间如此游刃有余地切换。

关于技术与政治、技术与社会、技术与人类的未来——还有谁是比他更合适的对话者？

来自未来的挑战

问：我们如何面对未来的挑战呢？

答：学习如何学习的能力是应对未来世界所需的最重要技能，终身学习、个体学习，还有优化学习。如果你不掌握这项能力，那么当下一轮洗牌发生时，你就无法迅速赶上潮流。新事物可能包括新的操作系统、新的手势、新的语言……新事物太多了。每隔 5 年你就必须学习一套新东西。

问：如果把互联网看作生物，那么我们怎么用生物学来描述它？你在《失控》那本书里说，如果以一个组织机构的角度来看，所有国家可分为两种：一种像生物一样，慢慢成长；另一种像生态系统一样。

答：我认识一位研究组织的学者，他的研究范围小至细菌，大到城市、互联网乃至整个人类。世界上有两类组织：生物个体与生态系统。互联网的扩张方式更类似城市和雨林这样的生态系统，而非海星、兔子这样的生物个体。所有生物个体都是有生命周期的，它们都会死。但是生态系统和城市几乎能够永远存在下去。他发现，公司类似于生物个体，但互联网不一样，互联网就像丛林，像城市。

问：按照你的理论，机器人应该有感情，而我们如何想象有数十亿机器人会对一个科学家或者企业家产生情感，甚至把人类当作母亲，你能想象吗？

答：这是个关于人工智能和自我意识的好问题。机器人当然可以尊敬自己的创造者，或者说"母亲"，甚至对其产生情感，就像猫狗对主人表现出感情一样，这并不需要自我意识。我想，机器人很可能会忠于和尊重自己的主人，这并不需要多高的智能。你可以把人工智能想象成猫，非常聪明的猫。它们能做很多事情，还拥有一定程度的智能，能够感受爱，甚至可以回馈爱。机器人可能会在图书馆里为人们服务，在这个过程中与人产生情感联系。人工智能就像一只能照顾你的宠物。这样的话，人也就会对机器人产生强烈的感情。

技术最为强大

问：我很喜欢你的《新经济，新规则》这本书，读完后发现你谈论经济问题的方式与一些学者很不一样。比如，有些学者讨论经济问题总是离不开体制、制度和政府，而你的书中几乎不涉及这方面的内容。

答：是的。因为我认为，从长远来看，技术的角色会比政府更重要。技术是一种比政治更为强大的力量。

问: 但政府总是在试图控制技术。

答: 打个比方吧：技术就像河水，它顺流而下。在一定范围内，你可以控制住它，但超过某个范围，你就无能为力。技术控制只在短期有效，从长远来看，是做不到的。

举例来说，在美国，有一个围绕拷贝下载和版权的问题。互联网和技术倾向于推进拷贝和下载，让所有东西都越来越容易备份。也有人认同较为传统的规则，认为拷贝应该少而精，应该控制备份数量的增长，包括维护版权等。但是，拷贝这种现象是没法加以控制的。拷贝任何东西都是非常容易的，因此拷贝其实是没有成本的。想要靠卖拷贝赚钱，那是没有前途的。在这一点上，法律就试图控制技术，规定了版权制度、禁止盗版等。在这一方面，想要实际效果更好，还需要长远的努力。所以，版权制度就得一直修订。所以，如果你从技术的视角来看，经典的经济学理论观点，就显得不那么重要，我们会从技术本身来发现新的经济规律。在某些国家，技术的确会被控制。但现在我们面临的是全球化经济，要想在全球层面进行竞争，控制作用就不大了。所以说，相对于政府，阿里巴巴、脸书、谷歌依然是小玩家，而相对于全球经济，政府也是小玩家。

问: 所以在你看来，无论一个政府多么强有力，技术都能带来改变？

答: 是的。如果人们关心相互之间的交流，这种力量会大过政府。政府仍然是需要的，但是最终，技术将塑造我们的思考方式。政府越是遵循技术的指引，其实际表现也会越好。这一点适用于所有的政府，包括美国政府。政府可以对技术施加压力，但也会遭遇反作用力，就像美国的网络监控、追踪等。从技术的角度来说，它就是能一直追踪我们所有人。这一点没法阻止，我们必须与之共存。对于政府，该问的问题是，监控的方式应该是怎样的？我们愿意忍受多大程度上的被监控？

问：这种技术的发展，会消弭国家的概念吗？

答：长远来看，必须要有世界政府。当然，这个话任何一个12岁的小孩都会说。所有的文明都会有自己的世界政府，这是不可避免的。我认为，这个星球上最强大的、最富感染性的东西莫过于国家主义。但我们身处全球经济，并拥有同一个地球。就像人与人之间一样，国家之间也需要一个中立的第三方，这就是世界政府。这样的话，你就不需要军事力量了，只要有警察就足够了。

问：那技术对于减少国家之间的冲突矛盾会有帮助吗？

答：当然有帮助。比如说网络冲突，是非常糟糕的，因为我们没有这方面的任何规则。在网络上，国家之间也相互冲突。如果没有全球层面的网络安全，就没有真正的全球互联网，那么我们每个人的计算机也就不可能获得安全。

再过一代人，中国就会有真正的创新

问：中国正大力推进"大众创业、万众创新"，这是中国政府基于转型发展需要和挖掘国内创新潜力提出的重大战略。培养创业者，成为很多地方政府、大学的口号和目标。对于培养下一代商业领袖，你有何建议？

答：这是一个非常好的国家战略。可以看出，中国正处于从创新大国发展为创新强国的关键时期，为此，中国政府提出了很多战略规划，非常有利于应对全球化竞争，提升国家实力。实施这个战略，最为关键的是创业者。如果让我来培养中国的创业者，我会教给他们两件事。

第一，学会接受失败。失败不应受到惩罚，某种程度上还应该得到奖励，因为人们可以从失败中得到经验教训。即使失败了一小步，也仍然要向前迈进，这是创业的必经过程。IBM 创始人托马斯·约翰·沃森说过，你的成功率越高，你的失败率也就越高。所以，接受失败而不只是容忍失败，这点很重要。

第二，勇于质疑和挑战权威。中国的教育体制并不擅长于培养敢于质疑的人才。不过，要想成为创新强国，中国人就要养成挑战传统、挖掘真相的习惯。

问：那你觉得从当前这种以模仿为主的中国制造走向真正的创新，关键是什么？

答：其实美国自 200 多年前建国起，就形成一种"仿造文化"。我们"仿造"世界上的一切事物，没有一样是美国原创的。当时欧洲对美国非常不满，就是因为美国盗版了他们的很多东西。比如英国作家用英文写的作品，美国人花钱买一本，创意就让美国拿到了。但是 200 多年过去了，美国也形成了自己的创意文化。

于是同样的问题又轮到日本人了。在我还年轻的那个年代，"日本制造"意味着便宜、仿造和没好货。那时候日本货简直是垃圾。但是日本不断地仿造、再仿造，就成长为制造业强国了。也许中国现在也处于一个不断仿造的阶段，但是再过一代人，中国就会有真正的创新以及真正的世界品牌。中国在模仿方面已经是优等生了，下一步就是成为创新大师。就像当年美国的泰勒研究科学管理和提高生产效率，后来日本学到了他的理论，而且实践得更好。很多在美国研究创新的学者认为，中国在这方面也能成功。所以，我对中国的前景很乐观。

问：我记得你曾经还预测过，中国将会是人工智能和机器人产业的第一大国。你为什么对中国的机器人产业这么乐观呢？

答：制造业是中国经济的核心，尤其是在广东深圳。但随着中国人口老龄化，为了维持中国制造的质量和数量，中国需要机器人支持制造业发展。因此，我认为中国制造的机器人将在质量、实用性、创新性等方面领先世界。我预计未来二三十年里，世界上最好的机器人会在中国诞生，而不是在日本或者美国。制造业需要机器人，机器人反过来也会促进制造业和其他行业的发展。

人工智能不可能消灭人类

问：你在书中提到了 Holos（霍洛斯，人类、计算机、手机、可穿戴设备、智能设备、各种传感器靠网络紧密连接起来的世界）将会是未来的主宰。你认为它会使人类灭亡吗？

答： 生命发展的总趋势是不断增加新事物，而不是除去旧事物。人类大脑的运作方式就依然和爬行动物、哺乳动物一致，人工智能不过是在旧有基础上发生了层级递进。因此，人工智能的发展不可能消灭人类。

问： 人工智能不能消灭人类，但很多人担心未来人类会被人工智能超越。就像不久前，"阿尔法狗"（AlphaGo）打败了世界顶级围棋选手。

答： 我完全不认同这样的观点。这样的情况不仅短期内不会发生，未来也不会发生。世界上不是只有一种智能，而是有数百种智能和数百种思维方式，比如，演绎法、逻辑、智商、情商等。所有这些不同的智能混合在一起，组成了人类的智能。而人工智能在大多数情况下只是很多不同类型的"狭窄思维"。当然，尽管是"狭窄思维"，人工智能却可以在某些单一领域超越人类大脑。比如，计算能力是人类不擅长的领域之一，人工智能可以在这方面超越人类，但这也只是在某一个方面而已。

实际上，1997 年，由 IBM 公司开发的超级计算机"深蓝"就曾打败国际象棋冠军卡斯帕罗夫。卡斯帕罗夫失败后意识到，如果他可以获得跟计算机一样的存储体，他就有可能会赢。所以，他发起了新的象棋比赛，参赛者可以和人工智能合作，也可以和人工智能比赛，这种新式象棋比赛被称为自由象棋比赛。现在世界上最强的象棋高手不是一个人，也不是人工智能，而是一群人与人工智能合作的综合体。所以，人类智商加上人工智能远远强于任何形式的人工智能。

人工智能所做的事情就是用"系统性思维"解决一些人类做不好的事情，因为人类并不擅长系统性思考。人工智能可以变成一种特别擅长推理和论证的思维系统，用上千个步骤去证明一个数学定理，这是人类思维难以做到的，但人工智能可以做到。这种智能只是在模仿人类，而不是异类智能。

问： 这就不得不说到奇点（singularity）理论了。很多美国科学家认为，在那一个瞬间后，人工智能将超过人类的智能。可能是100年后，也可能是20到30年后。你觉得奇点真的会到来么？

答： 奇点有不同的界定方式，有更为精准或者更为宽泛的定义。就精准的奇点定义来说，就像科幻电影《超验骇客》中所展现的，我们制造的人工智能，其智慧超越了人类自身。人工智能相互融合，不停发展，越来越快，越来越紧密。这就是奇点的精准定义版本。最后就好像上帝一样，能实现任何事，能治愈癌症，能突破物理规律。关于这种奇点，我是不相信的。

但是，有第二种较为宽泛的奇点定义，即我们能创造一种全球性网络。它会像一种超级组织，一个巨型"大脑"。这个"大脑"以互动网络为基础，会做出一些我们尚不能完全理解的事情。这个版本的奇点状态，我相信是有可能出现的。我们可以把奇点比喻成一种语言。人类在几万年前发明了语言。而在这之前的没有语言的人类，其实无法理解一个有语言的世界。所以说，语言的产生就是一种奇点状态，它分隔了两个世界。之前的人类不可能超越语言去理解之后的世界。但是，当你跨过这个奇点再回顾过去，你就会发现，哦，没有语言的世界完全是另一个样子。我想，刚刚说的那种超级组织形态的奇点，就和人类第一次使用语言时的经历非常像。从奇点的这边，你没办法知晓另一边的情景。而只有你越过奇点再回头看时，才会知道一切已经发生了。

问：人工智能时代的劳动关系将会怎样变化？既然已经有了人工智能和各种工具，我们为什么还要工作？

答：人类有太多想做的事情，而人工智能不足以完成。人类需要不同的思维碰撞，这是个体很难完成的。人们喜欢一起完成一件事情，是因为当别人足够优秀时会对我们形成挑战，迫使我们产生新的想法。产生好的想法后，还需要其他人"迫使"我们把这些好的想法变得更好。

所以，未来商业发展的挑战在于如何组织人们合作，使合作创造的价值超越每个人独立工作创造的价值之和。著名经济学家科斯提出的企业理论指出，人们之所以以公司的形式工作，而非独立工作，是因为公司可以为个人提供独立工作所不能获得的价值。正是集体合作产生的价值促进了科技和商业的发展。通过合作，个体可以完成独自一人时完成不了的事情。即使是独自完成，也是通过类似维基百科的合作方式完成。我认为未来会出现一些新型的组织合作方式。有一些合作会很松散，像维基百科一样；有一些会比较集中；还有一些会是高度集中。我们要做的就是建立不同的组织形态，找到"怎样合作才能创造更多价值"的答案。

去中心化的力量依然强大

问: 在你的新书《必然》中,你提到现代人有一个从"读书人"到"读屏人"的转变。你觉得这种转变究竟会给我们的社会带来什么影响?

答: 100 年以前的人类文化,不管是西方的还是东方的,都是以写为中心。那时的人在纸张、卷轴、书籍、墙上和雕塑上写,写下来的东西成了人类文化的中心,因此我们就成为"读书人"。但现在电子屏幕越来越多,遍布各个角落。屏幕出现在衣服口袋里、眼镜上、墙上,于是,我们成为"读屏人"。这是两种完全不同的文化。书的文化是永久的、固定的,不会流动,不会改变,但是,屏幕文化是可变动和流动的。在书文化中,有权威机构,有法律,有专家。在屏幕文化中,所有事物都是变化的、相对的。这种新文化是全球性的,需要用不同于以往的创造性思维方式和处理方式去理解。

在 20 世纪 90 年代万维网刚刚出现的时候,网络只是一种更好的有线电视,因为我们当时只有电视,也只经历过电视。而网络就像是有着数千个频道的有线电视。所以,在电视时代,人们认为网络一定会有频道,因为我们对互联网的认知就是一种比电视更好的载体。同理,在网络时代,人们对互联网发展的认知是互联网永远都会往更好的方向发展。但我认为下一阶段的互联网会有很大不同。现在的互联网是信息化的互联网,全世界的图书资源、世界地图、股票信息等,都可以通过互联网获得。也就是说,互联网为全人类提供了信息获取渠道。但是,互联网的下一个发展阶段将不再是信息化互联网,而是体验式互联网。互联网不再只是你想浏览的网站和网页，这一切都将变成对话式的平台。所以，我认为互联网将会向这两个方向发展：注重体验，注重互动。

问: 你在书中还写到，未来人类所有的行动都会被追踪、被数字化。在数字化时代，你会继续保持"网络游侠"的状态吗？

答: 我认为每个人都有选择的权利，选择自己想要的透明化的程度和被追踪记录的程度。让人们有选择的余地，这点很重要。但是我们发现，当人们进行选择时，他们更倾向于个人信息透明化、个性化，而不是很注重隐私。

问: 互联网最大的特征就是去中心化。这也是你在《失控》一书中阐释的基本思想：重视底层力量。但是我看到你在新书中又讲到蜂群思想，强调顶层作用。这是对《失控》一书的观点进行的修正吗？

答: 我不认为这是过多地强调顶层。谈到底层，是指去中心化的、非组织化的底层。如果你依照这种点对点的模式来做事情，其效果会强大到超越你最初的想象。所以，这种底层往往是一个极好的开端，但它很难达致你所期望的终点。你必须和底层做额外的沟通，就像维基百科。我再强调一次，点对点的底层是最为强大的，它可以实现你所不曾预想的目标。所以，它是最好的开启点，但只靠这个是实现不了目标的。

问: 中国也在更多地强调顶层设计，对此你怎么看？

答：是的，就像维基百科。它允许全世界任何人都来编辑这本在线百科全书，任何人都可以写，都可以修订，这一编撰模式完全是自下而上的。于是，这创造了一个非常棒的百科全书，超越了所有人的设想。但是，维基百科并不是最好的百科全书。因为，百科全书确实需要一些真正的编辑，来掌控或者"形塑"这个写作过程。所以，维基百科这些年也正在逐渐建立它的顶层架构，从而成为其底层架构的补充。最终的维基百科将会是以底层为主体，但也有一些顶层。两者都需要。你不能全是失控的底层，还是需要一些顶层来承担必要的职责。顶层并不是权力的来源，而是权力的途径。你可以找一大帮人来，大家一起做事。这时候顶层说，有上千个方向可以选择，而我们走这个方向。一点点小的愿景，就能指引底层的力量，并且让这种力量更为强大。

媒体的新商业模式

问：你是非常资深的媒体人。现在一说起做媒体，大家压力都很大。在中国，很多传统媒体人都转向新媒体和自媒体，包括付费阅读的模式。你认为这是新媒体将来的发展趋势么？

答：我认为趋势是多种多样的。一种是所谓的"赞助"模式（patron）。比如说，美国现在最多的媒体形式是播客（podcast），每个人都在做播客。因为手机很普及，而且可以边开车边听。你可以从云端下载播客。于是，有种商业模式开始流行起来，就是"赞助"。但赞助并不是打广告。你可以给这集播客赞助很少一点钱，比如说5

美分。这有点像订阅，但其实更近似于使"赞助者"获得一种荣誉头衔。

问：一种荣誉？

答：是的。订阅的形式是，你付钱我发货。而在赞助模式下，播客的获取是免费的。但是如果你成为我的赞助者，我会感谢你并向你致敬。所以，赞助模式的关键是，你自愿资助，虽然你也可以不给。

问：这很像微信公众号的打赏功能呀。但依靠这种打赏、赞助，可能成为一种可持续的商业模式吗？

答：当然有可能。在美国，许多相似的播客可以组建成一个网络。这样就可以获得一笔大的赞助，然后再内部分配。

数字化将促进慈善发展

问：技术界的人都相对有钱，真希望你能告诉他们，创新精神不要只用在商业经营方面。有时候，技术和金钱还应该用于改善人们的生活。

答：是啊，其实在美国也是这样。硅谷有很多富有的年轻人，二三十岁就有房有车，但他们的钱并不全部用于满足自身的生活，还拿出足够多的钱去做公益事业，而且美国人都觉得这样做很正常。在中国，大家好像还没有形成这样的期望。但另一个问题在于，不光是捐赠的金额，还有捐赠的具体方式。比尔·盖茨在这方面就是一个很棒的例子，他的捐赠方式就极具创意。他不是直接把钱捐给受助者，而是成立基金会，通过基金会去投资开发疫苗、遏制传染疾病、给穷人提供金融工具。贝索斯也是如此，电子港湾公司（eBay）的一些做法也很成功。他们设置了一些专门的职位，就是负责怎样更有创意地做慈善。这些做法都是非常出色的。你对中国的了解可比我多。对于中国的技术人士，他们会不会关心慈善事业，他们会为此做些什么，以及怎样才能帮助他们改变既有的想法，对于这些问题，我都没有答案。这是一个很有意思的主题。

在美国，我曾经参与了一个项目，叫作全球商业网络（Global Business Network，简称 CBN）。这个项目是为了展望慈善的未来，采取一种叫"场景规划"的特殊方法。我们发现，未来的慈善捐赠绝不仅仅来自有钱人，也来自许许多多的普通人。这样，慈善在某种意义上就和众筹模式结合在一起了。重点在于，我们想要知道，人们捐出去的那些钱，究竟起到了什么作用。答案会是非常不同的。我就不知道，这个问题在中国的答案会是什么，人们捐赠的内在动机是什么。

问：数字化技术可以促进公益事业发展吗？

答：这点是肯定的。未来人类肯定会利用数字化工具有效促进公益事业的发展。在我看来，公益是一个整体。中国公益发展的机会是建立一种让人们愿意捐出自己财富的模式，让公益成为人们的习惯，人们愿意以个人名义让他人分享自己的部分财富。中国的公益发展历史不如西方国家长。我认为，如果中国的富裕阶层能像美国的富裕阶层一样，捐出自己一半的财富，推动公益融入中国文化，那将是公益事业发展史上最伟大的事情。

未来学家的未来

问：你的下一本书会写什么？

答：我目前正在做一本图册，讲述"消逝的亚洲"——呈现正在消失的亚洲传统，也包括中国的。仪式、节日、服饰、典礼等，都在消失，我希望在它们彻底消失前将它们记录下来。我今年正在做的就是这件事。之后我会试图描绘一幅全面的、跨学科的、有历史感的未来图景，谈谈 2051 年、2052 年、2053 年的世界会是什么样子之类的问题。之所以说它是全面的，是因为不仅会谈正在兴起的新事物，而且也要谈谈新旧共存的局面。每个人都有电话，不仅有手机，也有座机，不同时代的电话其实是共存的。科技是有历史的，不仅包括新事物，也包含旧事物。这就是所谓的"世界观搭建"，不只是描述 2050 年的世界是什么样的，也要谈 2045 年、2047 年，逐年地去讲，这样就会形成一个有历史、有现在、有未来的有层级的架构。我会研究众多行业的长期趋势，包括食品、运动、教育、运输。我要把它们整合进一个完整的世界中，再用它们来进行预测。我还想在这个世界观的基础上创作科幻作品。

终极之问

问： 这是我对你的"终极之问"——人工智能会把人类带向何方，我们的世界会变得更好吗？

答： 关于可以超越人类智能的人工智能的神话，一个极端是这个智能给我们带来超级富足，另一个极端是这个智能让我们成为超级奴隶，但这两个极端都太具有文学色彩。正如其他所有的科技，人工智能本身也在发展中，25年后我们回头再看今天对它的理解，我们会说：那时候的人工智能都不是真正的人工智能，你们甚至都还没有真正的互联网，25年后的互联网才能叫互联网呢。[①] 回到2016年的我们，还处在最初的起步阶段，所有一切才刚刚开始。互联网的伟大创新才刚刚开始，科技和人类的美好未来也刚刚开始。未来几十年间最受欢迎的产品、最普及的人工智能产品、最伟大的发明、最精妙的商业模式还并不存在，你没有迟到，你还有机会。

---

① 访谈时间是 2016 年。

对话手记

　　不得不说，在与凯文·凯利的对谈中，让我感触最深的，还是他强烈的乐观主义精神。

　　他相信科技会让世界变得更美好——让慈善变得更好，教育变得更好，媒体变得更好，让创新更有活力。他也对人类保持着信心和乐观。人类不仅有能力驾驭人工智能，终有一天还会实现世界大同、人类一体。

　　当说起这些信念时，凯文·凯利目光矍铄，语气坚定，似乎谈论的是一个毋庸置疑的、必然的未来。我能够理解他对科技的乐观，这本质上就是对人性的乐观。尽管已经 60 多岁，他依然保有年轻时那个嬉皮士时代的价值底色——崇尚合作、自由，反对垄断强权；崇尚人的理性，相信道德伦理的自我约束，不仅会约束机器，也会约束自我的欲望。

但说老实话，我对这样的乐观依然有所保留。科技能够帮助底层获得自由、实现去中心化，但也有可能被政治势力用来加强极权和控制；科技可能帮助世界实现真正的全球化，但也有可能让更多的人沉溺于奶头乐①中，沉溺于极化而缺乏相互理解、沟通的过滤气泡（filter bubbles）中；科技在帮助人类的智能和人工智能一步步走向极限，也在不断挑战人类社会既有伦理道德的极限。而人类真的能足够理性地自省、自我反思、自我约束吗？还是一直撞到南墙才发现为时已晚？

凯文·凯利对未来做过无数的预言。有的成真，因此被人们奉若神明；而那些未得到验证的预言，却被人悄然遗忘。

只希望在二三十年后，还有机会和凯文·凯利一同回望，他在这次采访提到的一系列预言，究竟哪些已成为现实。

---

① 奶头乐理论是用来描述一个设想：由于生产力的不断上升，世界上的一大部分人口将会不用也无法积极参与产品和服务的生产。为了安慰这些"被遗弃"的人，他们的生活应该被大量的娱乐活动（比如网络、电视和游戏）填满。

02

皮埃罗·斯加鲁菲:

我不害怕人工智能，我怕它来得

还不够快

2014 年 10 月，我第一次见到皮埃罗。

这位被中国媒体称作"硅谷精神布道师"的人工智能及认知科学家，刚刚爬山归来。阳光下，被汗水浸湿的红色 T 恤上，"少林寺"三个汉字格外显眼。他用英语热情地跟我打招呼，腔调里有着明显的意大利弹舌长音。

这是他的第四次中国之行。上一次来中国，还是因为他和朋友阿伦·拉奥合著的《硅谷百年史》中文版的出版。这本书在中国的销售之火爆，完全超乎他的想象。在 2014 年，这本书成为中国创投领域的必读书籍之一，在当年中国最有影响力图书排行榜上名列第七，并获得 2015 年亚马逊中国"人生必读 100 本书"称号。也因为这本书，他成为解读、宣扬硅谷精神的标志性人物。

不过，在皮埃罗眼中，"中国才是历史上的第一个硅谷"。听到此话，我感到很是新奇。皮埃罗向我解释，唐宋时期中国人的创造力即震惊世界。也正因为此，马可·波罗才会来中国取经。"像沈括这样的科学家，都是精通科技、艺术、文化的全才。"

他的这句话，让我想起 T 型人才理论。这类人才要拥有全球视野，具有跨学科精神，既了解多门学科，拥有"知识宽度"，又能在某一科技领域进行深入研究，拥有"专业深度"，这一横一纵两条知识轴，正好构成"T"这个字母。皮埃罗曾旗帜鲜明地提出，要学习硅谷，关键就是要培育出这种具有颠覆式创新能力的年轻人。

事实上，皮埃罗自己，就是一个典型的 T 形人才——更准确地说，是栅栏型人才，因为他身上的横轴和纵轴实在太多了。他的身份，除了人工智能及认知科学家、工程师、程序员，还有诗人、文艺评论家、冥想大师和户外高手。他不仅为硅谷写史，还为摇滚乐、流行乐写史；他曾写过两本诗集，在意大利获得大奖；他每年在网站发布的个人音乐榜单，甚至被《纽约时报》认为能"让音乐杂志编辑们合伙评选的榜单黯然失色"。

人们通常愿意将皮埃罗身上浓厚的人文气质，与他那盛产诗人、艺术家的故乡联系起来。皮埃罗生长于意大利比耶拉省特里韦罗市。19 岁时，他就以 GPA 满分的成绩获得意大利图灵皮亚诺研究所计算机系科学文凭，毕业后即在欧洲科技公司 SofTec 担任软件顾问。1980 年，他前往都灵大学数学系进修，再次以 GPA 满分的成绩毕业。而后，在 1983 年，他被欧洲老牌科技公司 Olivetti 派往美国旧金山湾区，落脚硅谷，从事互联网和人工智能研究。

那时的硅谷，刚刚经历一轮由微电子业带来的繁荣。微型计算机开始普及，大量进入学校和家庭。诸多软件公司陆续成立，但要等到 10 年后，才会迎来大规模发展。互联网的前身"阿帕网"，才将网络核心协议由网络控制程序改变为 TCP/IP 协议，互联网时代尚未降临。而皮埃罗要研究的人工智能，则又迎来新一轮投资、研究的高潮——那时的研究者们，致力于造出能够与人对话、翻译语言、解释图像，并且像人一样推理的机器。

30 多年过去，当初以为自己只会在硅谷暂住一段时间的皮埃罗，决定定居于此。而后他的人生与事业，也完全围绕着硅谷展开。

他在 Olivetti 公司一直工作到 20 世纪 90 年代中期，一路从高级软件工程师、人工智能中心经理、科学中心高级经理做到软件战略首席顾问，并将人工智能中心打造为公司连接世界著名大学、国际研究团队的技术之桥。在自己的职业之路不断扩展之时，他也见证了硅谷大大小小的科技公司从无到有，见证了那些巨头企业如何一步步主宰世界，将硅谷变成尖端、创新、财富的代名词。

而在互联网群雄刚刚开始建立王朝的 1995 年，皮埃罗也建立了个人的知识数据库 scaruffi.com，它成为世界上最早以个人名字命名的网站之一。20 多年来，皮埃罗坚持更新，网站内容涉猎极其广泛。他的网站已经被著名科技网站 Telegrap 评定为"仍在更新的最古老的网站"。从"最古老"的个人网站，到博客的诞生，再到脸书这样的社交平台风靡全球，作为互联网资深用户与从业者，皮埃罗所见证的不仅仅是这个行业的蓬勃发展，更是互联网对人类信息传播方式的彻底颠覆。

离开 Olivetti 后，皮埃罗在美国加州的 IntelliCorp 公司担任高级工程师。这是全世界较早从事人工智能研究的公司之一。30 多年间，他见证了人工智能发展史上的几波繁荣与低谷，也深度参与当下备受追捧的"深度学习系统"的开发。他在《智能的本质》一书中，回应了 64 个有关人工智能的问题，就各种人工智能的迷思祛魅。现在的皮埃罗，以自由职业者的身份，将精力转向对人工智能、认知科学、心智理论等领域的深入研究，还在哈佛、斯坦福、加州伯克利等高校开设心智理论（Theory of Mind）及认知史（History of Knowledge）等课程讲座。他为硅谷和欧洲的公司提供咨询，著书立说，分享知识，传播硅谷精神。

而现在，这样一位传奇的布道师，就坐在我面前。皮埃罗已脱下"少林寺"T恤，换上白衬衫和休闲皮鞋，旁边的桌上是两部手机和 IT 男标配的黑色双肩包。

他精神饱满，面带微笑，等待着我的提问。

中国需要"破坏性创新"

问：从 2013 年开始，中国互联网的三个巨头公司（百度、腾讯和阿里巴巴）开始疯狂竞争，收购各行业的领先公司。初创公司不管是否被收购，都面临着垄断性竞争和市场分化越来越细的现实，面临着巨大的生存和发展压力。对于此类初创科技企业，你有什么建议？

答：垄断是不可避免的。这种趋势在硅谷也出现了。谷歌、脸书、英特尔、甲骨文和苹果等公司都是各自领域的 No.1，它们更愿意在那些有着良好发展前景的初创公司变成竞争对手之前，将其收购于旗下。所以，中国和硅谷在相当长的时间里都将面临相似的问题。

但同时中国比硅谷更有优势。百度、阿里巴巴和腾讯所利用的技术看上去并非苹果、谷歌和脸书等公司所采用的那般"先进"。因此，一个初创企业会有机会挑战这些互联网巨头的技术，达到一种在硅谷无法想象的程度，这是好的一面。

不好的一面是，中国仍需产生一大批具有破坏性的小公司。到目前为止，中国商业擅长复制和"山寨化"西方主要的平台，而还没有太多发明新事物的初创公司在中国出现。当这样的初创公司出现时，我对这类初创公司的建议是，在硅谷设分支机构。因为硅谷的创新性想法支持着这里的破坏性创新系统运转了半个多世纪。中国需要时间构建同样有助于破坏性创新的环境。其他地方并不容易复制硅谷的经验。即便是美国的其他地方也没能成功复制其经验。如果你想学习佛学，就去佛学院；如果你想学习破坏性创新，就去硅谷。

问：为什么一定是硅谷？你觉得硅谷成功的经验，对中国的互联网行业有什么样的启示？

答：在硅谷，英特尔、苹果、谷歌、脸书、思科等虽然都不是硅谷中最大的公司，从收入来看也不是最高的公司，但它们的品牌却是全球最著名、最有影响力的。为什么去年我们都在讨论虚拟现实？因为脸书收购了 Oculus 这家公司。但实际上虚拟现实技术已经发明四五十年了。为什么我们要讨论人工智能？因为谷歌收购了人工智能技术。这些公司对我们的社会产生了巨大影响。

我还想讲另外一个特点，硅谷喜欢完成"不可能完成"的项目。20 世纪 70 年代，计算机的体积比房间还要大，有一些人想把这些庞大的计算机变成桌面上可以使用的机器。当时觉得不可能，但是这个"奇迹"后来还是发生了，改变了整个世界。互联网最早其实是军事项目，是美国对抗苏联的武器。但有人想要利用这个网络把信发给自己的女朋友，当时觉得根本不可能，但是今天已经变成了现实。今天还是有这样的一些"不可能"的项目，包括跟斯坦福大学合作的实验室。

硅谷之所以能完成这么多"不可能"，它的特别之处，首先在于容忍失败的文化，如果你失败了，没有关系。我是在欧洲出生的，对于欧洲人来讲如果你失败了，你就是一个失败者（loser）。但是在硅谷如果告诉一个人你失败了三次，他们的反应是什么？"哇，你竟然失败过三次，这么棒！"

在硅谷，很多人不想在大公司工作，尤其是在1.8万家创业公司中工作的人，他们非常不想在大企业工作。在很多传统的工作环境中，穿着要非常正式。但是创业公司，氛围是不一样的。有些人甚至是滑着滑板去上班的。在很多传统企业，我们都希望能够维持规则，但在硅谷，我们要去打破规则，让更多精英浮出水面。

传统媒体必须拥抱变革

问：互联网也给传统行业，尤其是传统媒体带来很大冲击。像你到现在还更新着"最古老"的个人网站，上面全是大篇幅的文字，那我不知道你的网站会不会也因为各种新媒体的发展而越来越难以吸引读者？你怎么看传统媒体在互联网时代的没落？你认为互联网时代的传统文化前景如何？

答：20 年前，人们很容易数清网络博主的人数。当时，网络博主相对较少。现在，网络博主已经有数百万人了。很多人有正常职业，利用业余时间写博客，因为写博客是他们的一个爱好而已。但这仍可被视为新闻业的一部分。传统新闻媒体的确在没落，比如周刊和日报。为何要等一周或者一个月才去发布已经写好的文章呢？一个博主只要写完稿子就可以发表了，但是传统新闻媒体只能在特定时间发布，甚至有时候传统媒体的网站也遵守一周 / 一月发表一次的周期。新闻业的模式已经发生变化，而那些没有适应力的人或组织将会失势。我想，新闻业只是在经历变革，没落的只是传统媒体而已。

同样的推论也适用于书籍。人们并非不再读书，而是不再读传统的书籍，因为他们经常在网上看到大量的信息和分析。其内容不仅是免费的，而且更容易获取、复制、转发、评论等。可能难以想象，美国现在还有 2000 个书店卖传统的书籍，仍有书籍出版商，仍有文稿代理人。但如果这些传统媒体不适应新的模式，它们都将消失。

问：在这种"优胜劣汰"规则下，那些适应、迎合大众口味的流行文化会蓬勃发展，而小众、偏于传统的文化模式，会不会就走向没落呢？

答：这确实是一种现象。我不喜欢这种现象：一些博主实力不突出或者没有任何干货，他们出名只是因为大众喜欢他们写的内容；然而另一些有实力有干货的博主却只有少数的读者。但是，世事往往如此：流行歌曲比古典音乐销量好，好莱坞电影比知识型电影票房更好，八卦小报比科学杂志拥有更多的读者。文化一直是受阳春白雪和下里巴人交互影响的，流行文化总是能够迅速适应新模式。

现在我们生活在一个转折的时代，流行文化已经适应了新闻业的新模式，但是高深文化正在没落，因为它并没有适应新模式。所以，我们可能会有这样的印象："新闻业正在没落。"是的，它正在变革。并且，知识分子最喜欢的新闻业恰恰是正在缓慢经历变革的新闻业。除了接受变革，拥抱变革，你别无出路。

"奇点"是个笑话

问： 其实我最想问你的问题，还是关于人工智能的。在"阿尔法狗"战胜人类后，让人感觉"奇点"（singularity）似乎马上就要降临了：机器的智能程度将远远超过人类，以至于人类既无法控制机器，也无法理解它们的想法。你支持这样的奇点理论吗？你觉得奇点会很快到来吗？

答： 奇点理论类似于千年虫问题。2000 年这一年份数字中含有三个零，而很多人预言这三个零象征着一个重大的历史断点。2000 年平安过去了，千年虫问题和其他类似的世界末日预言都被证明是子虚乌有，但这些形形色色的预言培养了公众意识，使他们对该预言故事的技术版本着迷。

硅谷在技术的基础上重新创造了一门"宗教"，这很有趣。其实很多人都同意奇点理论，例如，物理学家斯蒂芬·霍金、世界首富比尔·盖茨、特斯拉和 SpaceX 的创始人埃隆·马斯克。

现在人们谈论的奇点，其实都是在四个假设上面建立起来的。第一个假设是，人工智能系统正在向前极大地飞跃；第二个假设是，这个飞跃比以往任何的飞跃都更快；第三个假设是，我们不得不去应对这些超人工智能；第四个假设则是，机器能做一些我们做不了的事情。但是，在奇点假设过程当中人们可以发现有很多漏洞，这些假设从某种角度来讲都是错的。所以，我并不相信奇点很快就会到来。

问： 具体怎么讲？能逐条反驳一下奇点的四个假设吗？

答： 在第一个假设里，其实很多人工智能的飞跃建立在摩尔定律的基础上，也就是说我们现在看到人工智能有如此大的进步，也是符合摩尔定律的。而现阶段的人工智能虽然在不断向前发展，但摩尔定律的发展基本到了一个停滞的状态。

第二个假设提到，现在人工智能正在加速发展。但正如前面所讨论的，这一现象并没有真实发生。过去几十年里人类制造了汽车、电话、飞机等，而且家用电器领域也都有很大的飞跃，这些都极大地改变了世界。但是早在 48 年前，硅谷就已经造出可移动的机器人，可是在 48 年后的现在，又有多少家庭拥有机器人呢？

事实上，关于人工智能的大多数成功案例都是基于 20 年或者 30 年前发明的技术。这些进步不是来源于人工智能本身，而是由于更快、更便宜的计算机所带来的计算能力的提高。30 年前，同样的人工智能技术不可能在当时速度并不快的计算机上运行。虽然现在它们能够成功地下围棋或者打扑克，但是这源于更快的计算机，而不是更"聪明"的计算机。

第三个假设认为超人类人工智能即将到来，但我认为，很多人梦想的超人类人工智能可能只是一个神话，其假设的基础还没有任何支持证据。

第四个假设则是，有机器能做一些我们做不了的事情。想想蝙蝠可以在黑暗中飞行，可以抓昆虫，可以倒立在墙上，你可以吗？机器当然能够做一些我们人类做不了的事情，而且在很久以前，我们就已经这么做了，比如用手表计时。所以，没有必要担心超人工智能的到来。

问：为什么说人工智能技术能下围棋或打扑克，源于更快的计算机而非更"聪明"的计算机？

答：现在的人工智能基本上只是对神经网络的培训而已。如果拥有较大的案例数据库或者数据集，神经网络便可以被培训。如果没有基于某种任务的大量数据库，即便是最复杂的神经网络，也毫无用武之地。神经网络已经在某些领域取得了些许成功，但这也只是人类在这些领域创造了巨大数据集之后的事情。

对人工智能的终极检验准则就是常识。没有常识的人（例如主动去碰开水的人）会被认为是愚蠢的。机器就没有任何常识，这就是最"聪明"的神经网络也不能做一些简单任务的原因。学习意味着能够把同样的知识运用到其他的任务上，从哲学上讲，神经网络并没有学到任何东西，机器人并不能学习到常识，这就需要人们重新找到一个逻辑通道，让机器人可以按常理做事情。比如当你说饿了的时候，它不会把你的猫给煮了。

智能的生命比智能的机器更值得担忧

问：当前的人工智能，究竟发展到什么程度了？

答：要回答、理解这个问题，你需要对人工智能的发展历史有一定了解。

人工智能就是数学公式。在 2006 年到 2008 年，深度学习就已经诞生了，只是它在 2012 年才开始爆发。因为计算机的能力不断加强，支持了深度学习的发展。2012 年对于我们而言是非常重要的一年，在这一年，人工智能再度掀起热潮。在 2012 年，深度学习系统降低了抽象识别的错误率，所以斯坦福大学和谷歌开发了一个系统，可以识别视频中的猫。

另外，数据库的建设也发挥了重要作用。如果没有数据的支持，人工智能就没有办法学习。比如积累了数据之后，电脑进行深度学习，学习国际象棋，进而又打败了人类的象棋大师。还有来自各个国家的科学家贡献了思想，开展国际协作，推动了人工智能的进步。

现在图像识别上的错误率在不断下降，甚至已经超过人的能力。深度学习被用于"阿尔法狗"围棋软件，还被用于翻译，还可以生成图像。那么，这些人工智能是否具有真正的智能呢？当然不是，人工智能无法与人的神经元相比。人工智能识别图像就经常出现一些失误，比如有无人驾驶车辆曾伤到一个小孩。

问：你觉得，目前人工智能的发展程度，距离人们担忧的那个"奇点"，究竟还有多远？

答：首先，我并没有看到太多在人工智能领域取得长足进步的地方。虽然人工智能被媒体炒得火热，成为街谈巷议的重要话题，但是事实上，机器人目前依然是非常愚蠢笨拙的机器，它能提供的服务还很有限，大多数被用于执行在人类看来是简单至极的活动中。绝大多数的机器人在流水线上工作（例如在汽车工厂进行简单的组装工作），在我们生活中能真正帮上忙的机器人还很罕见——带有计算机视觉的机器人非常罕见，带有语音识别的机器人也非常罕见。主要的机器人制造商，包括 ABB（瑞士）、库卡（德国）和四大日本公司（发那科、安川、爱普生和川崎）的主营业务都是工业机器人，而且是智能水平不高的机器人。换句话说，今天几乎不可能在市面上买到自主机器人，让它在工厂或库房等严格可控的环境之外给人类提供切实的帮助。YouTube 上有人上传了一段关于由 1.6 万台计算机组成的神经网络如何认知猫咪的视频，媒体开始大惊小怪，过分关注，但这只不过是任何老鼠都能做的事情，而且老鼠不需要使用 1.6 万台计算机即可轻而易举地完成识别猫咪的任务。一个计算机神经网络（"阿尔法狗"）打败了世界围棋冠军，媒体又开始了新一波甚嚣尘上的大惊小怪。要知道，人类大脑每小时大约消耗 20 瓦能量；而以"阿尔法狗"有 1920 块中央处理器（CPU）以及 280 块图形处理器（GPU）的配置，每小时的耗能可以达到 440 千瓦的水平（这还不包括训练过程中消耗掉的能量）。相反，我更加惊叹于一个 20 瓦的人脑能够与 440 千瓦的计算机怪兽竞争。更为重要的是，我们这 20 瓦的低能耗大脑还能够做许多其他了不起的事情，而"阿尔法狗"除了下围棋之外一无是处。如果一个人使用比你多 2 万倍的资源，却仅仅做了一件事，你到底该怎样定义这个人？

目前的机器仍然是非常愚蠢且有着很大局限性的，当我们希望机器能够为我们做点什么时，我们必须遵守严格的规则，否则机器根本不明白我们想要它们干什么。我们被无数的机器环绕，但是这些机器只有在我们像机器一样行动时才能正常运转。例如，买票时，你需要按照要求进行一步步操作；打电话时，你也需要准确地输入数字，并给出拨打指令。

我们的确需要人工智能，因为它能够解决许多问题。例如，健康护理已经成为现代社会最为关键的社会功能之一，而智能机器能够提升健康护理的质量。想象一下，一个机器能够快速扫描你做过的所有医疗影像，并基于最新的科学知识进行分析，进一步为你预防疾病。像日本这样的老龄化国家，没有足够的年轻人照顾老年人，因此人们需要这样的机器人。此外，人类还需要可以在危险环境中工作的机器人。我不害怕人工智能，我怕它来得还不够快。

问： 你认为下一个阶段人工智能的发展方向是什么？

答： 人工智能今后的方向是什么，我们还不了解，因为实际上我们并不了解大脑，但人工智能告诉我，现在已经是时候了，我们需要更深入地了解大脑。

问： 人工智能会是一片充满商机的蓝海吗？

答： 我想人工智能并不是能带来最大商机的技术——最受欢迎的技术并不一定能带来最大商机。首先，从数学当中分析是非常重要的。其次要培训工人、培训学生、培训经理，在硅谷是这样的，在全世界也是如此。

问：所以我们完全没有必要担忧人工智能吗？

答：其实在我看来，人类的智慧才更需要我们担忧。我们总是在制定各种各样的规则、制度。如果人们不在道路上画线就没有办法做智能驾驶或自动驾驶，像这些规矩不会让人类更加聪明，只会让人类像机器一样运转。

人工智能也是具有危险性的，但其并非在威胁人类的生存安全方面，也不在使人类失业等方面，而是因为人工智能正在模仿的是人类理性的"机器思维"，而不是先天的"符号思维"。机器思维倾向于高效地基于理性的规章和制度来做决定，避免人类产生存在了数千年的"无用"且"昂贵"的仪式（如婚礼仪式、礼貌待人等），而符号恰恰定义了我们。人工智能无关"符号思维"，是靠着算法来识别和执行任务，而不是创造复杂的符号系统。这能否让我们更幸福？我很怀疑。

但是，在合成生物学领域，确实出现了很多实质性的进步。21世纪不是奇点的世纪，而是"优化设计婴儿"的时代，因为我们能够像设计建筑物一样设计婴儿，所以21世纪将是"破坏性生殖技术"的时代。

问：此话怎讲？你的意思是，"优化设计婴儿"比人工智能更值得我们的关注和讨论？

答：2016年，一种被称作"体外配子"（In Vitro Gametogenesis，简称IVG）的新技术出现了，并且由日本九州大学的分子生物学教授林克彦（Katsuhiko Hayashi）成功地在小白鼠身上进行了试验。他在实验室中用小白鼠的皮肤细胞成功地培育出了能够产生后代的雄性精子、雌性卵细胞，以及相应的许多胚胎。

不久的未来，医生仅需要一名女性的几个细胞和男性的几个细胞就可以制造出许多合意的胚胎。然后，这些父母将被告知每一个胚胎的特征并挑选他们最喜欢的胚胎。想象一下，一个计算机程序能够让父母观察 100 个不同的胚胎：父母将能够看到每个胚胎在 5 岁、10 岁、15 岁、20 岁、80 岁时的模拟样子。父母可以模拟每个胚胎的一生，并决定他们要哪个胚胎。这一天已经不再遥远。2013 年，一个名为 Connor 的"优化设计婴儿"出生了，他的父母在牛津大学 Dagan Wells 实验室内从 7 个胚胎中选择了他。

人工智能不太可能产生智能的机器，但是合成生物学已经创造出了智能的生命。如果你非要担心某种科学不可，与其担心人工智能，不如担心合成生物学吧。

区块链颠覆世界

问：除了人工智能，我还非常想请教你对区块链的看法。在中国，人们对于虚拟货币也是异常狂热，甚至一说起区块链就成了"炒币"，人们对区块链的理解似乎已经完全跑偏。

答：我们看到未来的货币都会有新的变化。我认为在过去 10 年中最重要的发明之一就是比特币。比特币背后有非常强大的技术支撑，其中最重要的一个叫作区块链。很长一段时间以来，不管是对于音乐产业也好，对于好莱坞也好，让他们头疼的一个问题就是，数字音乐，还有数字电影等，我们都可以很容易地进行复制。比特币其实不是第一个虚拟货币，但它的确是第一个解决了复制问题的虚拟货币，因为比特币是不可能重复的。

其实我们可以把区块链这一技术应用于人与人之间的每一个活动中。我们可以把这些活动叫作智能合同。其实它们是由机器来进行签订，并且由机器来自动执行的合同。我们出现了第一个由区块链见证的婚礼。我们现在也有不同的创业型公司，希望可以把智能合同运用在不同的领域当中。所以我认为区块链是未来即将改变社会的技术之一。

问： 你说区块链是未来即将改变社会的技术，那当下呢？区块链已经造成了哪些变化？

答： 区块链将每一个合同都简化成了一个数学问题。智能合同通过大量算力来执行算法，验证合同的有效性并能够直接自动执行。这种去中心化的程序可以完全取代现有合同执行过程中需要介入的所有法律过程，大大节约了每个领域的时间和金钱的成本。

这种智能合同可能会取代律师、法庭、法官和监狱等所有中间环节，还能够利用区块链记录各种交易和文档，也就是降低了腐败发生的可能性。在未来，区块链和政府之间的关系将会如何，还需要验证。区块链已经对现有法律造成了挑战，罗斯·乌布利希让约100万人利用比特币在"暗网"上购买枪支和毒品，这些比特币居然几乎占到全世界比特币总量的三分之一。而全球17个国家发起联合行动后，一个名为"进化"的暗网继续为非作歹。最终，2016年，它的创始人拿走了所有该平台用户的比特币，然后消失得无影无踪。

终极之问

问： "终极之问"到了。在你看来，我们的世界会变得更好吗？

答： 总体而言，技术进步带来了一个更好的世界，一个更繁荣与和平的世界。技术使我们不再生活在洞穴中，不会在5岁时死于小儿麻痹症，不会在寒冷的冬天冻死、在干旱的季节饿死。毕竟，当人们健康而富有的时候，他们是不大可能去互相残杀的。这是否意味着我们需要的技术越多越好？也不尽然。技术的危险之处在于，每一种新的技术都会使我们忘记自己的一种天生能力。比如，柏拉图在他的"裴德罗篇"中讲述了苏格拉底告诉他的一个故事：透特（Thoth，埃及神话中的智慧、知识与魔法之神）发明了书写，主神阿蒙·拉（Amun Ra）却很生气，因为他意识到人们会因此停止使用自己的记忆能力并变得更愚蠢，事实正是如此。每种文明中过去都有非常长的诗歌是被人们口耳相传的，比如荷马的《奥德赛》以及印度史诗《摩诃婆罗多》，现在你还能记住那几千句的长诗吗？我们已经失去了古人使用记忆的能力。今天我们看到的是，越来越多的孩子依靠他们的手机来寻找某个地方，我们正在失去定位和导航的能力……而几千年来，我们却有许多智者仅仅依靠他们的大脑来探索这个星球。

每当我们失去自己的一种天生的能力，我们就变得越来越不像人类。但不要忘记人性也有杀戮、偷盗和强奸这样恶的一面，所以我们变得更像半机械人并不总是坏的。我们如何才能获得使人类变得更好的技术？无论情愿与否，人工智能、物联网、长寿科技和区块链等新的技术将人类强行扔入 2.0 时代，未来企业家必须在科技爆发的背景下生存、成长。只有将乐观派和悲观派的观点都领悟，才能得到关于技术的中肯观点，才能清醒认识人类的未来。

随着科技的发展，人类的发展也将进入一个全新的阶段或版本，可以称为"人类 2.0 时代"。在这个新时代，人类历史上几千年来亘古不变的"生、老、病、死"的大问题，已正式被纳入技术的解决范畴。接下来的新一轮科技革命可能会重新定义人类。今天人类延伸自我最让人印象深刻的方式就是发展出能够改变生命本身的技术。未来将是有机世界和合成世界的联姻，正如未来一定是人类和机器人的联姻。然而，"人类 2.0"同时是一个开放的概念，因为它到底是一个什么样的时代，取决于我们现在的选择，取决于我们到底想要一个什么样的未来。

在这次采访中，我印象最深的是皮埃罗对科技的见解。

不得不说，当人们为科技革命，尤其是为深度学习、奇点这样一些概念而狂热时，皮埃罗的声音却难得地冷静。一方面，我完全同意他的观点——比起机器，我们更需了解的是人类自己；比起智能的机器，我们更需要警惕的是智能的人类。现代科技的发展，一步步挑战人类"生老病死"的极限。基因工程、仿生工程、基因程序设计，这些领域突飞猛进的变化，似乎让人类自身的发展比人工智能的发展更容易突破奇点。当人类与造物主之间的界限变得更加模糊，当我们有能力创造出"更智能"的人类时，设定什么样的游戏规则，如何调整、重塑人类社会的伦理底线，是人类共同体所面对的最大难题，如果处理不好，将会给人类社会带来巨大冲击。

而另一方面，皮埃罗对人工智能的举重若轻，却很难完全说服我。

尽管他逐条反驳了奇点理论的前提预设，但始终难以撼动我对未来的基本预设——无法预测性。我们生活的这个时代充满太多的不确定性，我们难以以现在的经验预知未来。即便当下的人工智能依然源于更"快"的电脑而非更"聪明"的电脑，但我们无法预知究竟在多近的未来，这个基于更"聪明"的电脑的人工智能就会真正降临。就像20世纪40年代，人们面对同样蠢笨、巨大的电子计算机时，恐怕也很难想象这台机器有一天会浓缩于掌间，并彻底改变整个人类社会的生态。

不管这个无法预知的奇点在哪一个时刻来临，也不管"智能人类"或"智能机器"的奇点哪一个先来临——希望在这样的变革年代，还能再和像皮埃罗这样行走在人类科技最前沿的"布道师"一起，讨论人工智能、智能人类、区块链，讨论科技还将如何影响我们的未来。

03

奈斯比特夫妇：
用世界听得懂的方式输出中国文化

Paris

kabul

Wulumuqi

Xi'an

Beijing

人类，对未来总抱有忐忑和憧憬的心态。20 世纪，阿尔文·托夫勒、约翰·奈斯比特以及卡特政府的国家安全顾问兹比格涅夫·卡齐米日·布热津斯基，被并称为三大未来学家，百余位世界领导人是他们的信徒，几十亿人的人生未来被他们的思想所改变。而今，其中两位已经离世，只剩下奈斯比特一人，孤独而坚持地仰望星空，他就是 20 世纪最后一位未来学家。

　　关于奈斯比特，如果你没有听过这个名字，也一定听过《大趋势》这本书。自 1982 年出版以来，这本书已在全球 57 个国家创下 1400 万册的销量纪录，几乎霸占《纽约时报》畅销书排行榜榜首两年时间。书中对人类社会从工业化时代向信息化社会转变的精确预言，也给其作者——奈斯比特带来巨大声誉。

　　这位生于美国大萧条时代的未来学家，曾就读于哈佛、康奈尔和犹他大学。在柯达、IBM 等公司获得丰富商业经验后，34 岁时，奈斯比特转向政界，被任命为肯尼迪政府的助理教育专员。在那场令世人震惊的暗杀后，他又担任约翰逊总统的特别助理。

"是那个动荡的时代将我一步步推向现在的研究领域。"奈斯比特向我如此解释他人生的转折点。他亲历过美国 20 世纪 60 年代的民权运动，见证了一系列政治和社会的激烈变革，他的研究兴趣逐渐转向对美国社会、经济、政治发展的分析和预测，最终在 1982 年出版了其心血之作——《大趋势》。

而在当时，奈斯比特并未想过这本书对大洋彼岸的中国究竟意味着什么。2013 年，我第一次安排奈斯比特夫妇来中国，在杭州为他们安排了一场小型宴会，几位司局级官员应邀参加。让奈斯比特非常惊讶的是，这批中国政界的精英们在 20 世纪 80 年代几乎都读过他的书，尤其是《大趋势》。"那个时候我们非常渴望了解外面的世界，"席间，一位官员非常真诚地说，"而《大趋势》那本书，就像为我推开了一扇窗，感觉清风徐来。"他记得很清楚，当时还有一本和《大趋势》齐名的书，是阿尔文·托夫勒的《第三次浪潮》。"那时，上至国家领导人，下到普通百姓，都热烈谈论这两本书。好像中国的未来，就在这些书里。"

其实，《大趋势》一书并没有给中国任何特别的关注。因为在 20 世纪 80 年代初期，美国最主要的挑战者还是日本。但很快，改革开放后的中国就引起了奈斯比特的注意。1979 年，邓小平首次访美，奈斯比特也在场。当他有同事嘀咕"这人个子真矮"时，奈斯比特非常坚决地反驳说："他是这个世界上个子最矮的伟人。""当时中国已经开始改革开放，任何一个研究政治经济、研究宏观发展的学者都会关注在这个国家发生的事情。"在继续出版了《2000 年大

趋势》《亚洲大趋势》等一系列畅销书后，2010 年，奈斯比特出版
了分析中国发展模式的专著——《中国大趋势：新社会的八大支柱》
（以下简称《中国大趋势》）。

　　而这本书的另一位作者，就是他的夫人，多丽丝·奈斯比特。
多丽丝比奈斯比特小近 20 岁。每一次和他们见面时，我都会惊讶于
这对学术伉俪的默契。奈斯比特年事已高，出行已需要轮椅。他很
认真地向我澄清，坐轮椅并不是因为身体疾病，只是年轻时跑了太
多马拉松，膝盖受损严重。他不喜欢别人将他当作"老人""病人"
来对待。而多丽丝，总是耐心引导他的出入，鼓励他尽可能多站立、
走动。每次回答记者、读者们的问题，奈斯比特总会先发言，而后
自然而然地为妻子举起话筒，目光也总不离开她的面庞。

　　奈斯比特夫妇相识于 1995 年。那时，多丽丝是奈斯比特著作德
文版的出版商。成长于奥地利的多丽丝，本是时尚与戏剧专业出身，
曾从事电视纪录片创作，直到 39 岁才正式进入出版行业。但她很快便
在出版业崭露头角，成为奥地利出版社和 Signum 出版社的负责人。两
人在 2000 年结婚后，多丽丝深入介入约翰·奈斯比特的演讲、书稿的
编辑和翻译工作，两人一同进行学术研究、写作。事实上，已近 90 岁
高龄的奈斯比特还能如此高产，也正与多丽丝的支持和辅助密不可分。

　　在《中国大趋势》一书中，奈斯比特夫妇对中国模式给予了极
高评价，全面分析总结了中国成功的原因。而后在 2015 年的新著《大
变革：南环经济带将如何重塑我们的世界》中，奈斯比特夫妇同样
给予中国极大的关注。在这本书中，他们提出了一个新概念——"南
环经济带"（Global Southern Belt），意指 150 多个新兴经济体，在
世界地图上，绕地球的南方围成了一条圆环。他们认为，南环经济

带的国家和城市将在未来几十年间重塑这个世界，而中国将在此"大变革"中扮演重要角色。在 2018 年最新出版的《掌控大趋势：如何正确认识、掌控这个变化的世界》中，夫妇两人再次做出"至少在特朗普任职中期，中国都将是赢家"的论断。

"中国是一个充满活力和有着一切可能性的国家。这里发生的事情令我们无比着迷。"奈斯比特从来不吝惜对中国的赞美。2006 年，他们与天津大学合作，成立了奈斯比特中国研究院，由多丽丝担任院长，专门研究中国社会、文化和经济转型。

关于中国与世界的发展大趋势，我想很难找到比他们更适合的谈话对象了。

中国模式极具竞争优势 ①

问：《大趋势》书中的第一句话，同时也是这本书的最后一句话说："天呐，生在这个时代真是太棒了！"你觉得这句话放到 30 年后的今天依然适用吗？尤其是对今天的中国人，这句话还可以这么说吗？

约：写《大趋势》的时候，我就知道我们正处于两个世纪转换的过程中，不是每个人都对即将到来的转变持乐观态度，我关注的是在不确定性中出现的机遇。而如今的情形也是相似的，我们又一次处于世纪之交。30 年前，我们是朝着全面数字化和工业化迈进；

①　注：问答部分，答者约翰·奈斯比特简称为"约"，答者多丽丝·奈斯比特简称为"多"。

而如今的我们正目睹全球力量结构的转变。1982年的中国是一个贫穷的国家，没有什么全球影响力，还正在努力成为全球最大经济体，或者，至少是第二大经济体。而生活在如今这个时代，对中国人来说，可以说比以往任何一个时代都好。

多：给我们留下深刻印象的是中国分析形势并在必要时改弦更张的能力。这是20世纪80年代最为戏剧性的事情，当时邓小平领导下的中国从完全计划经济转向混合经济，即部分计划经济，部分市场经济。现在的情况当然与20世纪80年代有所不同。中国在20世纪80年代面临的选择是破产或者巨变，这是邓小平所面临的选择。当时的中国是一个非常封闭的国家，改革开放为中国打开了尘封已久的大门，很多人得以抓住机会成为企业家，与外国人开展贸易。当时的中国在一个低起点上，尽管人们为进步付出很多，但也会获得更大的幸福感；但当起点提高以后，同样的付出，幸福感却会小很多。现在的中国在一定程度上比西方更现代化，任何进步都是从更高的起点开始的，因此就不会对进步感到特别兴奋。而且现在中国还要面对"中产阶级陷阱"——从下层中产阶级向上层中产阶级转移，这也并非易事。举例来说，对于那些没有父母支持的人来说，买房或租房越来越不容易了；还有虽然人们的教育水平越来越高，但要找到一份理想的工作却越来越难。

我想早在1980年，约翰的建议就是让不确定性成为你的朋友。不确定性产生了不安全感。20世纪80年代，中国人对未来存在很大的不安全感。现在的情况又不同了，中国人拥有了一些不愿失去的东西，也有了一些想要得到的东西。在个人和国家层面，中国人和中国都取得了巨大的进步。没有人想失去通过努力获得的成果，这就增加了对于未来不安全感的担忧。最后，归根结底还是一个个人问题，你是专注于风险还是机会。

问：你们如何定义中国模式？你们认为中国的竞争优势是什么？

约：正如我们在《中国大趋势》中写的，中国正在发展一种我们称为"垂直民主"的体系。在这样一种模式中，政府统治的合理性来自治理的成果，这是一种基于党内英才管理的制度。在西方，四到五年一次的横向民主选举周期主导着政治决策。要赢得选举，你必须让自己的政党看起来不错，而让另一个政党看起来很糟糕。这样的制度就意味着几乎不允许政党制定战略或进行长期规划，因为这些战略和规划可能要在较长时期内才会显示出优势或好处，或者更糟糕的是，其后续结果还有可能成为为反对派做的嫁衣。从世界的复杂性和互联性的角度来看，在制定必要的战略计划和长远展望时，这是一个巨大的障碍。

问：从《中国大趋势》这本书看，你们完全被"中国模式"所征服，是这样吗？

约：中国的成就是不可否认的事实，我们确实被其所征服。更确切地说，我们被中国人民征服了。世界上没有任何一个国家能够和中国现在的发展势头相匹敌。从没有一个拥有像中国一样庞大人口的国家能保持如此迅猛的发展速度。

中国人可能给人粗鲁和爱出风头的印象，但这只是表面现象。在后续的接触中，了解了中国人以后，我们发现，中国人其实很热情，极富同情心，有强烈的学习意愿，并且乐于肯定他人或他国的成就，乐于向他人学习和提升自我。我们尤其喜爱中国的学生，因此我们拜访了很多中国的高中和大学。

写《中国大趋势》的目的之一就是讲述中国的故事，让我们明白中国是怎样在如此短暂的时间里取得如此巨大的成就。西方人对中国持有很陈腐的看法，一旦他们来到中国，他们的印象就会迅速好转。很多来中国旅游的人被他们的所见所闻震撼到了。

问：中国政府正在推进一系列的改革。其中，经济改革被放在首要位置上。你们如何评价中国的经济改革？西方有一种观点认为，中国的发展模式是"国家资本主义"，你们同意这个观点吗？

多：经济改革不仅仅是贸易和生产。市场错综复杂，中国明智地拒绝了要求迅速开放资本市场、放开价格管制以及开放债务市场的"华盛顿共识"，而是采用了一种更有效的方法。中国不遵循美国的政策来完善自身改革和经济政策的坚定立场，确实在许多克服障碍的方面具有开创性。这就是中国不会经历我们可预测的美国会经历的危机的原因。

约：国有企业在中国经济中扮演了一个重要的角色。国有企业产出在国内生产总值中所占比例巨大，且雇用了大量员工，同时中国的很大部分国内生产总值是由私营企业实现的，而这在一代人以前是不可想象的。但是国家和国有企业的共生关系也有一定的局限，需要深化改革。"国家资本主义"真的不是对中国现有经济模式的准确描述。我们觉得"中国模式"更加合适。

问: 你认为中国目前及未来面临的主要挑战有哪些？

约: 腐败、人口老龄化带来的社会保障问题、环境污染等是中国面临的巨大挑战。当然，也有像美国总统任期这样的外部挑战，其结果和后果很难预测。

在这种种挑战中，首要的挑战是改变中国下一代人的思维。与其他国家一样，中国的领导人也是从正在成长的下一代中聚集起来的。在中国迅速变化的过程中，年轻一代迫切渴望改革，而领导层落实改革政策的速度相对缓慢。在《中国大趋势》中，我们提到，一个持续发展的中国必须建立在平衡自下而上的需求和自上而下的方针的基础上。要掌控一个规模和人口都在这个维度的国家，需要领导能力，也需要理解人民的需求。

多中心的世界，中国是主角

问: 你们认为南环经济带与金砖国家（BRICS）的区别在哪里？

约: 金砖国家的选择标准是经济规模而非增长潜力。在所有金砖国家中，只有中国是名实相符的。金砖四国并不代表南环经济带（Global Southern Belt）。南环经济带包括是 150 个左右正在崛起的经济体，它们正在成为全球社会的参与者。我们所描述的这一定义与它们大多位于南方的地理位置有关。我们并不是对所有国家都一概而论，它们在经济和政治进程上有显著区别。但总体而言，它们都有很大的增长潜力，都有利用这些潜力的意愿和能力，尤其是由于中国的投资和新的贸易联盟给它们带来了机遇。如果没有中国，南环经济带成员国中的许多国家就不会达到现在的水平，这是一个事实。另一方面，中国在建立新联盟方面有自己的利益，这是全球游戏变化的一部分。在这个变化中，我们从一个以西方为中心的世界转变为一个多中心的世界。

问： 确实，中国对这些发展中国家的影响力正在日益增加。也有很多人会将中国的经济、政治势力在非洲等地区的扩张，同当年西方的"殖民主义"和霸权相类比。你们在书中提到，西方霸权正在逐渐瓦解和消失，但另一方面，中国真的也会形成自己的霸权吗？

约： 西方霸权的结束是一个过程，而不是一个单独的事件。这个过程要经历几十年，直到它在各个领域完全失去影响力。这一衰退过程从经济领域开始，之后是政治领域和军事力量。但是减轻西方文化逾一个世纪以来的强影响力，需要很长的一段时间。与此同时，在很长一段时期内，中国和美国的影响力将不断变化、相互作用。

问： 在你们看来，这种多中心下的全球化会是什么样的？

约： 我们看到的是各经济体的全球化。在长远的未来，我们必定会向着世界成为一个经济体过渡。不要把它和一个政府混为一谈，但我们的联系已经变得如此紧密，几乎不可能不受千里之外发生的事情的影响。看看现在的跨国公司，如世界上营业收入最高的公司之一雀巢，在190多个国家拥有近450家工厂。那么雀巢公司在多大程度上是属于瑞士的？再如，联想是中国最大的智能手机厂商之一，在60多个国家运营，在160多个国家销售其产品。全球化已经渗透到企业界很久了，而城市是地理格局上的核心竞技场。

多： 在很长一段时间，全球化就是美国化，这在文化和商业世界中都有发生。取代其影响的时间框架取决于其他国家发展真正的文化和企业行为模式的速度，这些模式要对其他文化有足够的吸引力。

"一带一路"将成为世界发展的发动机

问： 这就不得不说到"一带一路"倡议了。请问你们如何评价"一带一路"倡议？

约： "一带一路"倡议的开放不仅仅是基础层面的开放，而是让这些相关地区的人民共同致富、相互连接的开放。"一带一路"倡议吸引力的根本所在就是其互联互通和共商、共建、共享原则，倡议蕴含的包容性、联动性、互惠性，激发了参与国家的积极性。中国从西方的发展中受益，并深知与有关国家和地区分享先进技术和管理经验、提供基础设施、金融和环保管理服务的重要性。这不仅符合这些国家的利益，也符合中国的利益。我们真诚地希望更密切的文化交流能有助于各国增进了解，更好地应对经济和政治不稳定的挑战。

多： 当我们第一次听说中国的"一带一路"倡议时，最让我们震惊的是，它采取了和大趋势截然相反的方式。通常情况下，一个大趋势是一系列趋势的集合，"一带一路"倡议正好相反。通过这一倡议，中国创造了一个平台，让所有国家都能参与进来，创造新的全球秩序。中国自己在很短的时间内取得经济进步的例子也在帮助这些国家实现这一目标。

问： "一带一路"倡议未来的潜力在哪里？

约： 显然，"一带一路"倡议是中国 21 世纪的重点工程。创造新的经济基础设施、开辟新的贸易路线、建立新的全球关系平衡、促进跨国贸易和投资的目标是宏大的，它来得正是时候。尽管美国总统支持保护主义和民族主义，但中国已成为自由市场和贸易的捍卫者，10 年前谁会想到这一点呢？

当然，"一带一路"建设也会遇到难题。它是综合了经济、政治和地缘政治的考虑和战略，因此其影响必定是全方位的。有关国家在政治制度、历史文化、宗教和意识形态等方面存在很大差异。此外，他们在应对目前经济和社会领域的问题时有不同的观点和方法。不要忘记宗教原教旨主义和激进主义。中国需要大量的外交努力，以建立伙伴关系和互信，实现地区稳定与发展。

多： 首先，中国"一带一路"倡议的规模之宏大前所未有。包括中国在内的"一带一路"沿线国家和地区有 44 亿人口，接近世界总人口的 63%，GDP 占全球总额的 40%。

其次，当今的全球化相当于西方主导下的现代化。加入"一带一路"的国家不想成为"华盛顿共识"和"布雷顿森林体系"的一部分，后者已被证明是失败的。中国的目标是实现世界的现代化，去中心化、去殖民主义、去帝国主义并追求和谐。而且，中国希望恢复其数百年来作为全球大国的地位。中华民族的崛起，也是推动中国这个古老的中心国家在世界上崛起的重要举措。这一愿望反映在共产党十八大提出的"两个一百年"奋斗目标上。

最后，在宏观层面上，中国的创新能力已经提升，它现在占据机器人和人工智能领域的领先地位。"一带一路"倡议将在向非洲、拉美和亚洲国家推广最新科技方面发挥重要作用，它们中的许多国家将飞跃工业化，直接进入数字时代。中国的 IT 行业也在提供手机、电脑和其他工具等可消费的设备。这将导致教育水平的提高、技术企业家精神的实现，并为当地企业和跨国公司开发新市场。

问：为什么说"一带一路"倡议对全球经济意义重大？面对反全球化浪潮，"一带一路"倡议能否重塑全球化？

约：未来 10 年，"一带一路"倡议能够成为亚洲和世界发展的发动机，这从相关数据中就可以得到体现。据相关部门统计，中国企业在"一带一路"沿线 20 多个国家和地区建设了 82 个经贸合作区，总投资 300 多亿美元。中国投资"一带一路"已达 511 亿美元，这占同期中国对外投资总额的 12%。近 4000 家新公司成立，创造了 24.4 万个就业岗位。毫无疑问，"一带一路"已经成为新兴经济体的经济驱动力，这对于保持全球经济的增长是非常必要的。基础设施项目使以前的边远地区得以进入市场。作为生产者和消费者，它的作用是双向的。尤为重要的是，它没有那种自上而下的慈善机构的施舍味道，而是将尊严还给了那些能够满足自我需求的人。此外，它还有助于避免资金流入领导者的口袋，这些人最终可能成为欧洲国家的高端房地产买家。虽然不能完全避免误用，但中国道路在受惠国之间创造了互惠互利的关系，并回报了中国自身，这对于一个可持续健康的经济环境是非常重要的。

多：当金砖四国的国家看中国时，他们看到的是中国在 2018 年

9 月实现的增长占到了全球总增长的 30%。中国城市每年新增就业 1300 万人。中国有 1.7 亿人拥有大学学位，并且每年有 800 万大学生毕业，另有 500 万高等职业教育毕业生。平均每天都有 1.8 万家新公司成立。中国在全球创新指数中排名第 17 位，在全球竞争力指数中排名第 18 位。这些是没人能否认的事实。

难怪中国已经成为包括德国在内的 25 个金砖国家最重要的贸易伙伴之一。从已经取得的成果看，"一带一路"倡议似乎并未夸下海口，现已成为世界上最大的国际和地区政府合作平台，成为国有企业和民营企业最大的合作平台。

除了物流和建筑领域对人才的需求增加之外，中国对绿色能源的关注也创造了更多的发展和合作机会。所有这些努力都将对中国的地缘政治和金融实力产生影响，这种影响不会局限在"一带一路"沿线，还将影响国际社会。

中国企业如何"走出去"

问：在你们的新书中，提到中国人特有的"关系"正在走向全球，你们认为其他文化可以学习这一点吗？它的优势是什么？

约："一带一路"的成功部分取决于创造了一种共同的精神。它就像把砌砖固定在一起的砂浆。"关系"在中国社会和商业世界中扮演着重要的角色。中国人能够平衡各种形式的关系和与外界的关系，并因此受到高度赞赏。有了"一带一路"，中国的"关系"正在画出越来越大的圈子。

　　"关系"在许多国家都很重要，但在中亚和非洲的一些国家，"关系"只在部落内部起作用。只有把所有人的利益放在心上，"关系"才会绚丽多彩，保持双赢的策略是全球"关系"的纽带。

　　除了这些情感上和系统上的障碍，还有一些技术上的困难，比如修建铁路时连接处不同的轨距。中国已经克服了自身发展的巨大障碍，积累了丰富的知识和经验。

　　问：中国企业"走出去"的未来如何？最佳目标地区是哪里？什么样的中国企业能够在国际化中胜出，国有企业还是私营企业？制造业还是文化业？

　　约：正如我们之前所说，中国的经济形态有一部分是私营企业和国有企业的混合。在这种情况下获胜，只能解释为经济发展为中国找到了最佳的组合。中国正从出口驱动型经济转向消费驱动型经济。从 2011 年到 2017 年，中国家庭消费从相当于美国家庭消费的 13% 上升到 34%。同样显而易见的是"共享经济"的动态，共享自行车、电动车和汽车的数量将进一步上升，这种扩张将减少对所有权的需求。消费将不得不同时兼顾线上和线下，一个很好的例子就是阿里巴巴的盒马生鲜，它是一家餐厅、超市、配送中心和网店的混合体。它不需要现金，只需要你的手机。我们不知道西方世界是否有这样一个实体。

　　多：在我们看未来商机时，我们必须记住我们正处于生产根本变革的过程中。工业 4.0，即第四次工业革命，据估计其影响会与第一次工业革命一样大，第一次工业革命大大提高了人均 GDP。

　　中国的自动化速度比世界上任何其他国家都快。中国不是世界工厂，而是为自己的经济服务。想想看，14 亿人的数据是如何被用来训练人工智能系统的。普华永道（PwC）的一份研究报告得出结论称，未来 20 年，人工智能、机器人、无人机和自动驾驶汽车将使中国的就业人数增加逾 3000 万。报告指出，到 2037 年，中国经济可能增加超过 9300 万个就业岗位。制造业不会消失，但大部分的就业机会将来自于人工智能产品的制造。失业最多的将是农业，在农业中，自动化将带来更高的效率和更高的生产率。

问： 中国政府正采取措施，推动中国文化在国外的传播。你们觉得中国文化能够超越西方成为主流吗？

约： 我们必须记住，当我们谈论经济影响时，我们谈论的是事实；当我们谈到文化，它是情感。经济规则可以自上而下制定，文化则可以自下而上发展，传播需要一定的时间。"美国生活方式"的影响可以追溯到美国几乎在所有方面都处于领先地位的时代。两次世界大战给欧洲造成了人员和物质损失。在中国开始改革进程后，它的目光也转向了美国。今天，美国正在丧失其文化模式的领先优势，它的影响力正在瓦解。

多： 中国文化中有很多元素已经让西方人着迷，比如中国功夫、禅宗佛教和中国菜。中国艺术现在在世界上扮演着重要的角色，比如一些最昂贵的绘画作品。但中国要成为主流文化还需要很长一段时间，因为这将意味着人们能够接受中国的思维方式、想法、目标，并将它们实践于日常生活中。我们可以出口商品，但是很难出口一种思维模式。目前，中西方思维模式仍然相去甚远。不过在未来的几十年里，我们很可能会看到有利的中西文化融合。

问: 你们对中国的企业家有何建议?

约: 今天的企业家们所处的世界与他们的前辈们大不相同。技术进步以指数速度增长,干扰技术的间隔时间缩短了。预期和灵活性是生存的关键,直觉可能比分析性思维更重要。中国企业家已经变得更加全球化,他们有很好的榜样。在中低管理层中,我们看到了更大的挑战,服从命令和线性思维限制了创造力和想法。还有,创业精神在一定程度上是一种天赋,但在更大程度上取决于对教育的重视。

教育改革,才能支持中国的创新

问: 你们认为中国现在有一批非常有创造力,同时也非常有远见的企业家,但对中国的教育体系却做批评,你们是怎么看待这个矛盾的?

约: 我们必须区分在任何教育制度下都能脱颖而出的奇才和需要好的教育制度滋养和培育的普通人才。天才在这个世界上总能大行其道、大放异彩,但也有无数的人才因为无效的教育体制而默默无闻,这不是中国特有的现象。人才并不总是能够自动成功的,人才需要滋养和引导。我们去过中国很多的高中,学生们是那么见多识广,我们可以与他们自由地讨论任何事情,这给我们留下了深刻的印象。在我为《中国青年报》撰写专栏文章期间,我收到了数百封学生、家长和老师的来信。我看到的最大的问题是因老师和家长的期望、进入一所好学校的激烈竞争和找到一份好工作而带来的过度的课程需求。

多: 中国的教育体系确实能够支持一定的人才，上海在由经济合作与发展组织发起的国际学生评估项目（PISA）中排名靠前，已经表明了这一点。但是，生命中重要的远不止正确的答案。中国现在需要受过良好教育的创新型人才，这个世界已经与他们的老师所成长的世界完全不同。

问: 能讲讲你们受教育的故事吗?

约: 我在高中第一年就退学了，去打印店做学徒。工作相当枯燥，就是给打印机续纸。然后我去做了挖埋电线杆土坑的工作，同样枯燥，但是薪水比之前好些。那时我意识到这不是我想要的世界，我想离开这个只有 120 人的村庄。因此在 17 岁的时候，我抓住机会，加入了美国海军陆战队。在部队里我开始阅读，在服役的两年期间我沉迷于此。退伍后，我利用《退伍军人权利法案》进入犹他大学成为一名临时学生（因为我没有高中学历）。我表现得很出色，通过竞选当上了学生会主席，还成了优秀毕业生，并于之后开始了自己的事业。

我不会向任何人推荐我的道路，在今天这可能是无法实现的。但是无论你在哪里，总有一种方法可以让你找到一份因为热爱而能真正完成的工作。要记住，每个人学习的方式都不一样，这是最重要的。永远不要放弃，学习是一个漫长的过程，我们可以不断提高。

多: 我在 39 岁的时候开始了我的事业（我结婚时放弃了所有的职业抱负）。我进入了出版业，这个行业对我来说是个全新的挑战。

一开始我只是做广告销售的小职员。但我渴望学习，不到一年半的时间，我就被一家更大的公司挖走，成了广告经理。又过了两年，我成了这家公司的老板。这不是一条普通的职业道路，而是一个学习新东西永远不会太晚的例子。对于我们的子孙后代，我们的建议是尽可能得到最好的教育，掌握最适合你的才能。孩子最初的几年比我们通常认为的要重要得多。试着独立地给予所有你能给予的支持和培养，让孩子们有时间挖掘他们的才能——才能往往不是一眼就能看出来的。在你的一生中，都要保持开放和好奇的心态——这是应对快速变化的工作环境所需要的灵活性的最佳基础。

终极之问

问：我们如何生活在这样一个永远在改变的世界中？我们的世界会变得更好吗？

多：人生并非一帆风顺。当我们陷入困境的时候，就必须自我解救，这需要勇气。如果我没有离开我的"旧生活"，进入出版行业，那我将永远没有机会遇到约翰，他在那个时候已经是一个闻名世界的人了。当时，我追求他是因为我想为出版社获得他的图书版权，但我们相爱了，不是因为我们多么相似，我们有不同的喜好，但我们能互相扶持、共同成长，我们是完美的组合。爱和被爱让我们对生活满足，它为我们达成职业目标提供了无穷的力量。年轻的时候，很难判断我们应该和谁结婚，选择什么职业，所以只能追随你的心和梦想，这听起来像是陈词滥调，但其实是一条正确的道路。

约：很简单，做自己最喜欢的事，你就会做得最好；选择正确的人生伴侣，你就会生活得最幸福。人们往往匆匆开始一份工作或者一段感情，然后半途醒来发现这根本就不是自己想要的。对年轻人，我们的建议是：慢慢来，别着急。对那些发现被困在自己不喜欢的环境中的人，我们的建议是：改变。做出大的改变需要很大的勇气，但是如果到生命的尽头才发现自己一生都没有尝试改变，那才更加可悲。对未来要充满信心，世界当然会越来越好。

　　我个人非常喜欢和奈斯比特夫妇聊天。88 岁的约翰·奈斯比特永远在对话中展示着自己乐观、好奇、快乐的一面，一直像一个高中男孩；而 67 岁的多丽丝·奈斯比特更像是一位即将走向舞池的芭蕾舞演员，充满美感和自信。他们在言辞间，总带有对中国深切的喜爱和欣赏。他们了解中国，关注中国，对这里正在发生和即将发生的事了如指掌。因此与他们聊天，永远不用担心缺乏共同的关注点与语言。

　　但有些时候，我也会隐隐感觉，会不会是因为他们太喜欢中国，以至于看到的总是这个国度美好和充满希望的一面？当然，在我们的对话中，奈斯比特夫妇也会主动谈起中国当下存在的很多问题，但他们对中国领导人和中国社会充满信心，坚信未来的改革会逐步解决这些问题。

事实上，正如奈斯比特夫妇在一系列书和演讲中反复指出的那样，这些改革到底能不能成功，还存在着诸多变量和不确定的因素。中国的政治经济改革走进深水区，从建设预防腐败的制度，到重新调整国民收入分配的格局体系，每一项宏观改革都有越来越多的利益相关方牵涉其中。改革的推进，不仅需要领导人的魄力和决心，还需要整个社会和全体公民负责任、有序、理性的参与。

我们所面对的，不仅是这个充满变化和挑战的中国，更是一个利益格局不断重组、变革的世界。我非常喜欢奈斯比特夫妇提出的"南环经济带"的概念。主导世界几个世纪的西方文化并不会简单衰败，但曾游离于国际主流秩序之外的、曾经的发展中国家，将因其巨大的人口、快速的经济增长而逐步掌控话语权，重新定义一个多元化的世界。

在这个多中心的全球化中，中国究竟会扮演什么样的角色？它到底能不能维系持续的增长，成就一个更加开放自由的社会，决定了中国的文化与价值取向到底会在这个多元世界占据多大权重；在世界格局的变化重组中，中国能否在资本的输出之外，承担更多的大国责任，也值得我们的关注和期待。

正是这么多的不确定性，让我一次又一次想起奈斯比特在《大趋势》中的那句话：生活在这个时代真是太棒了。

041

尤瓦尔·赫拉利：
未来、人类和今日的简史

"人类发明了神，历史的画卷就此展开。而未来，人类成为神，历史终结。"

　　这是著名的历史学家尤瓦尔·赫拉利非常喜欢的一句话。他把它写在个人网站的首页，他也把它写在了送给我的《人类简史》一书的扉页上。用这句话来总结尤瓦尔·赫拉利两本让他声名鹊起的专著，再合适不过。第一本书，便是《人类简史》。2014年，《人类简史》英文版出版，随后即被译成将近50种语言，畅销全球——《星期日泰晤士报》将其评为半年最畅销简装图书，《纽约时报》则将其评选为年度畅销书。这本书视野宏大，从10万年前生命发迹、5万年前的认知革命讲起，到人类如何一步步精通认知逻辑、发展出结构化的社会，成为顶级食肉动物，并伴随着农业革命和更晚近的科学、工业革命，逐渐主宰整个地球。在赫拉利看来，金钱、帝国和宗教是全球化的主要推动力。他在这本书中做出隐喻：人类已经成为神，因为人类可以通过基因工程创造新物种。

第二本书，《未来简史》，是在阐释后半句话。它揭示了生物科技革命之后的世界。未来，人类将面临三大问题：生物本身就是算法，生命是不断处理数据的过程；意识与智能的分离；拥有大数据积累的外部环境将比我们自己更了解自己。在书中，尤瓦尔·赫拉利做出断言："未来，只有 1% 的人将完成下一次生物进化，升级成新物种，而剩下 99% 的人将彻底沦为无用阶级！"他在接受《观察家报》访问时，更是说出了"我们所知的智人，将在大约一个世纪之后消失"的预言。这本书一度在西方学界、科技界掀起轩然大波。有人极为欣赏，有人却不屑一顾。例如《卫报》刊登哲学家盖伦·斯特拉森对这本书的批评：粗略、夸张、耸人听闻。《华尔街日报》科学记者查尔斯·曼（Charles C. Mann）则不留情面地总结：充满新鲜但通常没有经过论证的断言，像是宿舍会议的产品。但这些批评，并未阻挡《未来简史》风靡全球。在 2015 年率先以希伯来文出版后，这本书很快被各国引进，而中文版则成为继希伯来文、英文后的第三个译本，在中国卖出了 150 万册。

这两本"简史"，让尤瓦尔·赫拉利变成了炙手可热的学术红人。2016 年 4 月，我第一次在猎豹 2016 年 CONNECT 大会上见到他。他做了一场名为"数据宗教的崛起"的主题演讲，与傅盛的对谈，则被冠以"科技与人类的未来"之名。人们为他的发言激动万分。所到之处，人潮环抱，媒体追逐。

2017 年 7 月，尤瓦尔·赫拉利再次来中国"传教"。从 7 月 6 日到 11 日，他从北京、上海到杭州，连续参加多个大型论坛。人们购买近千元的门票前来听他的一席发言，IT 界、科技界的"大佬"

纷纷以与他对谈、辩论为荣。不仅在中国，仅在 2017 年一年间，尤瓦尔·赫拉利就在美国、德国、英国、以色列、法国参加了多场商业演讲与论坛。我也在达沃斯论坛等多个场合见到过他。而他根据《人类简史》改编的英文在线免费课程，已有超过 10 万人收听。

"你有想过自己会成为摇滚巨星般的学术明星吗？"在一次会议茶歇时，我问他。尤瓦尔·赫拉利耸耸肩，不置可否。

对他而言，"走红"绝不会是偶然事件。1976 年 2 月，尤瓦尔·赫拉利生于以色列海法市一个世俗的黎巴嫩裔犹太家庭。17 岁时，他考入耶路撒冷希伯来大学，研究中世纪历史和军事史。2002 年，他在牛津大学耶稣学院获得哲学博士学位，之后几年，他继续从事历史学博士后研究工作。目前，他的身份仍是耶路撒冷希伯来大学的历史系终身教授。一路正统而扎实的历史学学术训练，让尤瓦尔·赫拉利很快成长为学界瞩目的新秀。2009 年和 2012 年，尤瓦尔·赫拉利两次荣获波龙斯基创意奖（Polonsky Prize for Creativity and Originality）。2011 年，他获得军事史协会颁发的军事历史优秀作品奖项——蒙卡多奖（Moncado Award）。2012 年，他进入以色列青年科学院（Young Israeli Academy of Sciences）。《人类简史》作为他的第一本专著，集其多年学术研究之大成，却深入浅出，引人入胜。

学术之外，尤瓦尔·赫拉利鲜明的个性与"怪癖"，也塑造了一个绝世怪才的形象。他如此痴迷于对人工智能的观察，但直到 2017 年 9 月，他都没有一部智能手机。他声称自己有社交恐惧症，却可以自如地在众人面前演讲，与不同国家、不同领域的人们交谈甚欢。他酷爱冥想，每年用于闭关冥想，即不看书、不使用任何社交媒体、在静默中独自度过的时间，会有 30 天乃至更久。他甚至是一名助理冥想老师，将冥想作为自己研究的一种路径。他还是一个严格的素食主义者，痛恨现代畜牧业残酷的生产流程，他把农场工业化视作历史上最糟糕的危机之一。他认为，"工业化农场养殖动物的方式是我们这一时代最迫切需要解决的道德问题之一"。

他也是学术界少有的正式"出柜"的学者。他的"丈夫"原是赫拉利的个人助理。在他的两本书中，赫拉利都充满爱意地向他致谢、致敬。赫拉利将他的"丈夫"称作"我的专属互联网"。他们在加拿大多伦多结婚，现在居住在耶路撒冷附近的"莫夏夫"社区。这是一种以色列特有的"合作社"：土地私有、居民亲自劳动、共同销售产品维持社区运转。

除了讨论人类的历史和未来，赫拉利的涉猎范围其实非常广泛。他也研究社会生态学，研究科学与宗教，研究权力与人类想象，研究政治经济，还研究认知心理——尤其是对幸福的研究：为什么比起我们的祖先，我们这些简直像生活在天堂的现代智人，并没有更幸福？

在准备与赫拉利的对话前，我想过无数次要和他深谈的主题。但反复纠结和选择后，我还是想跟他好好聊聊人工智能。如果他的预言成真，我可不想让自己或者我的后代，成为那被淘汰的"无用阶级"呀！

人工智能将改变银河系

问：你的研究视野非常宏大。所以我也想从一个宏大的问题开始提问：人工智能在我们探索宇宙时，能发挥什么作用？

答: 人工智能的发展当然会有助于我们探索宇宙。生命将冲出有机生物化学统领的地球。在经过 40 亿年的进化之后，我们将看到首个非有机生命体的诞生。这意味着生命第一次能离开地球并开始在银河和宇宙中散播。

以往除了在科幻电影里，人们一直难以开拓并殖民银河系，因为我们是有机体，是通过自然选择在地球这个独特的环境下演化出来的。在太空中或其他星球上很难维持像人类这样的有机生命体，因为自然选择让我们进化得适应地球的气候、大气环境和重力条件。

但当我们从有机生命转化为非有机生命的时候，这些事情就变得简单多了。维持人工智能相对更容易，在太空中或其他星球上维持电脑和机器人的存在也相对更容易。

所以这次从有机生命到非有机生命的转化与变革，对宇宙的发展意味着长远的革命，或许也意味着我们星球对整个银河系的殖民。

权威向算法转移

问: 对我们普通人的生活，人工智能将产生什么影响呢?

答: 在接下来的几十年，我们将要看到的，以及我们今天已经看见的，是权威从人类向算法的转移。越来越多以往由人类独断的决策，那些我们做过的决策，未来都会由计算机和大数据算法做出。

最基本的结论或者说这种转变的基础体现就是，一旦掌握了足够多的生物识别数据和足够的计算机算力，一个外部算法能够比我自己更好地理解我自己。一个拥有足够多的关于我的数据、也有足够算力的算法能理解我的欲望、情绪、想法、决策，能够在很大程度上控制我、操纵我。

这种控制最初体现在很普通的事情、很简单的决策上，比如想买一本什么书。

以往你要是想买一本书，你依靠的是自己的感觉，也可能依靠了解你、了解你品位的朋友和家人的推荐。但以后像买什么书、读什么书这类简单的决策将逐渐由电脑算法代你做出，比如亚马逊的算法。

我们越是依赖了解我们、帮助我们做出决策的算法，我们就越会失去自主决策的能力。因为做决定的能力是用进废退的。如果你很长时间不用这项能力，它就会像不运动的肌肉一样萎缩。

问：你是说，这种对算法的依赖，会导致我们人类的退化吗？

答：有很多这样的例子。例如这种退化已经在我们的空间导航能力上体现了出来。以往你如果想从这里去火车站，你需要依靠自己的知识和经验，但是现在你越发依靠智能手机告诉你怎么走。你到了一个十字路口，感觉应该右转，但是手机却告诉你左转更快，你就逐渐学着信任你的智能手机，很快你就会失去找到路的能力。所以人工智能革命的重要影响之一就是权威会从人类身上转移到算法上。

问：在我们可能亲眼看到的未来，这种算法的权威会强化到什么程度？

答：是的，当下你看到的亚马逊的算法还很原始。

当亚马逊或是百度想要向我推荐一本书的时候，它依据的是我以往阅读过的书籍、看过的材料或是买过的东西。但你要知道的是,当你在智能手机上看一本书,或者你用 Kindle 这类电子书阅读器读书的时候,你在读书,书也在读你。在人类历史上,这是书籍首次能够阅读读者,而不仅仅是人来读书。在你读书的时候,亚马逊或者你使用的设备就能够知道哪几页你读得快,哪几页读得慢,在哪一页你停下来并把书丢在一边。基于这些信息,亚马逊就能更好地了解什么让你激动,什么让你无聊,你喜欢什么不喜欢什么。

但这还是相对原始的。

下一步或许就是把亚马逊 Kindle 和业已存在的面部识别软件连接在一起,这能让电脑仅仅通过分析你的面部表情就能了解你的情绪。毕竟人类也是通过观察面部表情的方式了解其他人的情绪的。今天我们已经开发出相关的电脑程序,能够仅仅通过分析面部肌肉、嘴部、眼睛和双手的活动,来识别人们是愤怒的、无聊的还是开心的。

但这也还是有些原始的版本。

真正重要的改变是当我们能把 Kindle 或是电脑与人们身上或身体内部的生物识别传感器连接在一起的时候,它们能够获取人体内部而非表面的信息,比如你的血压、心率和肾上腺素水平如何。基于这些信息,算法能够了解书里的每一个句子如何影响你的情绪。你读一个句子的时候,算法知道你的血压如何变化。基于这些信息,算法或者说亚马逊或百度能了解你的个人性格,知道如何让你趋于感性,能为你推荐书籍或是更复杂的东西,比如在大学应当学习什么专业,应当选择哪份工作或是应该和谁结婚。

算法拥有的关于我的数据越多,尤其是关于我的身体里面在发生什么的生物识别数据越多,它就能越好地为我做出决定。

人工智能将让人类"下岗"

问：人工智能有可能超越人类、替代人类吗？

答：当然有可能。人工智能在越来越多的任务上，表现得比人类更出色。

例如，在无人驾驶这个领域。人工智能驾驶相对人类驾驶员有着巨大的潜在优势。每年全球死于车祸的人数高达130万，是死于暴力、犯罪、战争和恐怖主义的人数总和的两倍。而这些车祸大部分是由人类的错误造成的，有些人在开车时睡着了，有些人开车时发消息，有些人喝了酒。

而人工智能不会犯人类的这种错误。人工智能永远不会在开车的时候睡着，不会酒驾。

而且人工智能还有更大的优势。在无人驾驶和其他环境中，人工智能最重要的两项优势是连接能力和更新能力——迅速高效地获得更新的能力。

问：此话怎讲？我们人类也有沟通交流的能力和不断学习更新的能力呀。

答：还是用驾驶这个例子。人类司机是个体，所以如果路上有两辆车在同一时间到达了同一个路口，他们是两个独立的个体。司机们需要相互交流意图，有时会产生误解，那么就会发生碰撞和意外。

但人工智能不是个体。如果有两辆由电脑和算法驾驶的车，你可以直接将两者连接。这样它们就不再是独立的单元，而是同一系统上的两个部分，属于同一网络。这样它们产生误解和碰撞的概率就大大降低了。

另一个优势是更新。比如如果政府更新了交通法规，想要通过再教育让所有人了解、记住并遵守新的规则是非常困难的。但如果是无人驾驶的汽车就很容易了，只要点一下按钮，全国各城的所有汽车行驶系统就都立刻按照最新法规更新完毕，可以确信的是它们会严格按照新的交通法规行驶。

所以让人工智能司机替代人类司机是非常合理的。同样地，用人工智能医生替代人类医生也是非常合理的。

问：所以我们当中不少人得下岗了？

答：是这样的。随着人工智能在越来越多的领域超过人类，人类会面临更多的失业。人工智能革命会彻底改变经济，尤其是就业市场。

比如在无人驾驶领域，5到10年前，机器比人开车开得好听起来还像科幻小说。但今天大部分行业的专家都认为这只是个时间问题，也许在未来10年、20年、30年，计算机和无人驾驶会取代上千万出租车司机、公交司机和卡车司机，让这些人失业。

现在有数百万出租车司机、公交司机、卡车司机，他们共享着至少一部分的交通系统所有权。但在三四十年后，所有这些巨大的经济、政治权利可能就都集中到非常少的一部分人手中了，他们拥有操控整个系统的算法。

问： 也就是你在书里提醒过的，大多数人手中的经济、政治力量会转移到少数拥有并控制算法、计算机和网络的精英手中？

答： 是的。这样的事情也会发生在金融领域。

要做出明智高效的金融决策，速度和分析大量数据的能力非常重要。人工智能处理信息的速度要比任何人都快得多，也高效得多。

相比人类，人工智能处理金融决策时的另一个优势就是没有情感和身体。

人类在做价值数千万美元、人民币、欧元的金融交易时经常会犯很严重的错误，因为他们累了，精力不集中，因某事生气，或者情绪低落。但人工智能不会犯这样的错误，它们没有身体，所以永远不会饿、疲惫、生气或者情绪低落。因为它们没有思维和情感，所以只会根据看到的数据做出决策，而不是根据瞬时的情绪。

所以在未来几十年，很可能越来越多的金融决策会由人工智能而非人类来做，而金融市场的竞争也由人与人之间的竞争转变成算法之间的竞争。

事实上，随着这个过程的加速，我们在有生之年也许会看到金融市场由人工智能操控的景象。事情发生得如此之快，规模如此之大，人类有可能再也无法理解金融市场。即使在今天，公平地说，全球有70多亿人，其中也只有少数人真正了解金融市场和金融交易。50年以后，也许没有人能够理解金融体系，只有人工智能才有能力快速处理这么多的数据，理解我们的金融世界。

终身学习，是无用阶级的解药

问：这种大部分人类失业和技术导致的集权最终会指向什么？

答：这些过程的最终结果会是，我们可能会看到一个新的阶级兴起——无用阶级，就如同 19 世纪的工业革命创造了一个新阶级——城市无产阶级，即工人阶级。而 20 世纪的大部分经济政治史，都围绕着这个新工人阶级的恐惧、希望和问题。

所以在 21 世纪，人工智能革命将创造一个新的大规模阶级——无用阶级，这个阶级的人不仅仅是失业，而是无法就业，没有任何经济价值，也没有政治权力。也许 21 世纪最大的经济、社会、政治问题之一将是数亿无用的人该怎么办。这种无用当然不是从父母、朋友、孩子的角度来看，而是在经济和政治制度的角度来看是无用的。

问：这其实就像是讨论产业的转型升级？当一些老的产业被淘汰，一些人失业，变得无用，但总会有新的产业、新的岗位出现？

答：当然，新的就业机会很可能会出现。可能所有车辆驾驶、服装生产，甚至医药或金融领域的工作都会消失，而新的工作很可能会被创造出来。但我们无法确定能否创造出足够多的新工作。另外还有两个很大的障碍，可能会使这些新工作无法解决无用阶级的问题。

首先，即使出现了新的工作，人们也必须具备非常高的技能才能胜任。大多数专家认为流水线作业的工作，如衬衫生产或出租车驾驶将会被机器人或电脑接管。新的工作将要求人们善于创造，心灵手巧，灵活善变。大多数人都没有经过足够的教育和训练让他们能够适应这类工作。所以可能会有数百万的出租车司机和纺织厂工人失业，新的工作则可能是软件工程师这类的工作。

但是一个 50 岁的失业出租车司机能把自己变成一个软件工程师吗？他们既不具备相应的技能也没有受过足够的教育，50 岁的人也很难通过自学获得必要的技能。

问： 所以我们现在要提"劳动力的升级"，要强调对人的培训、知识技能的不断升级？

答： 是的。这样说，可能会让我们感觉好一点。因为不是说人工智能革命发生了，就业市场立刻改变，很多工作一夜间消失，很多工作忽然出现。

但是，只要我们重新为人们提供训练，就业市场就会再回到均衡状态吗？事情不会是这样的。

这就说到第二大障碍。人工智能革命将不会是孤立的分水岭事件。人工智能革命将一浪高过一浪。所以不管什么新的工作出现，在 10 年或者 20 年之内，这些新工作本身也可能消失，被新版本、新一代的计算机和算法取代。一份工作做一辈子这样的事情将再难出现。

问： 难道没有解药和出路吗？现在不仅中国，全世界都在讨论教育创新，讨论怎么培养面向未来的人才，让我们的年轻一代具有胜任那些还没被创造出来的岗位的能力。教育会是终极解药吗？

答： 我很同意你的观点。

在历史上，生命常常被分为两个主要部分。在第一部分，你不断地学习。你获取知识、技能，甚至是人格、身份。然后在第二部分，你主要运用你的知识、技能和人格在就业市场上工作。但这种模式已经跟不上变革的步伐了。

如果你想跟上潮流就必须不断学习，不断用新的知识充实自己，获得新的技能，甚至是获取一个全新的身份或人格。这对大部分人来说可能是最难的，比其他任何事情都要难，因为就我们的心理和情感限制来说，改变对人们来说常常难以接受，让人压力倍增。长时间的改变也会造就长时间的压力。

当你15岁、20岁的时候，你的整个生活就是改变，你不断学习，不断改造自己。但当你40岁、50岁的时候，你就不再喜欢这些改变，更不希望每10年就有一次这样的改变。

人类能够适应现在的新形势，每10年重新学习知识改造自己吗？或许即便没有什么新工作，我们也难以应对持续不断地改造自己以适应不断变革的社会环境所带来的压力吧。

这不是我们可以推迟到20年、30年之后再去面对的问题，不像是说我们能自我安慰：人工智能革命要2040年或者2050年才会到来，我们等到那个时候再担心吧。

我们必须马上开始考虑这个问题，因为我们在2017年的校园里教小学生什么内容、教大学生什么内容，都会影响到他们能否在2040年拥有一份工作、拥有必要的技能。

如果等到2040年，那就太晚了。到那个时候，学校里教的内容只关乎2040年之后的未来，与2040年将毫无关系。

问：这很像是一句口号：让2017年的小学生能够掌握2040年

时必备的技能。但是怎样才能做到？我们可能遇到哪些困难？

答：在这里我们面对的一大问题，就是我们不知道 2040 年、2050 年的就业市场或者经济形势会是怎样的。

没有人知道未来会是怎样的。

在历史上，人类第一次面对这样的窘境：没有人知道未来 20 年、30 年、40 年的世界是怎样的。当然纵观人类历史，人们从来不能准确预测未来。

如果你生活在 1000 年前的中国，比如 1017 年的中国宋朝。你对未来也会充满疑问：可能北方契丹人会入侵，可能整个王朝会轰然倒塌，可能会有一场大瘟疫或大地震。那些东西你都是不知道的，但你能知道社会、经济、家庭的基本结构。1017 年的你会无比确认即便到了 1050 年，大多数人还会是农民；到 1050 年，军队还是需要骑兵和马夫；到 1050 年，不管哪位皇帝在位，都会需要有人能读书写字以便管理行政系统。所以你知道你应该教孩子们如何种地、缫丝、骑马或者读写儒家经典。你确信这些直到 1050 年都会有用。

但在 2017 年的今天，当我们展望 2050 年时，我们毫无头绪，我们不知道那时候的军队会是怎样的，行政机构会是怎样的，就业市场会是怎样的。所以我们不知道应该教孩子们学习什么。

我能做的最好的预测就是教会他们思维灵活和心理平衡。唯一可以确信的是，2050 年的世界将和现在完全不同，那将是一个繁忙的、不断变化的世界。所以不论情况如何，人们都需要让自己思维灵活、心理平衡，以应对这些变化。

终极之问

问： 技术会决定我们人类的未来吗？我们的世界会变得更好吗？

答： 技术从来不是决定性的，以往也不是。技术在我们面前铺展开很多条可能的道路，但却不会决定我们该走上哪一条。回首上一次技术革命——19世纪的工业革命，你会发现火车、电力、收音机等发明没有决定任何社会系统、经济系统，也从未决定社会和经济的发展方向。工业革命中同样的技术可以被用来建立资本主义社会、社会主义社会或者是法西斯社会。人们把相同的科技用在不同的地方。21世纪的技术革命也是这样的。人工智能必然会完全改变人类生活、社会环境、经济结构和政治体系。但是怎样改变呢？有如此多的不同路径，我们仍然可以选择该如何应用这些新技术。如果我在这里讨论的某些东西让你感到恐惧，现在你还有机会做出改变。

人工智能是21世纪最伟大的革命，它也可能不仅是人类历史上最伟大的革命，而且是生命诞生以来最伟大的革命。正如我们之前已经讨论过的，人工智能将会带来改变的领域，包括对宇宙的探索——这次从有机生命到非有机生命的转化与变革，对宇宙的发展将意味着长远的革命，我们甚至可能殖民整个银河系。但对人工智能革命反应最为迅速的不仅仅是银河系，还有我们的社会、经济和文化。权威从人类向算法转移。最基本的结论或者说这种转变的基础体现就是，一旦掌握了足够多的生物识别数据和足够的计算机算力，一个外部算法能够比我自己更好地理解我自己。

　　有人说，尤瓦尔·赫拉利是在制造现代人的焦虑。

　　因为他所预言的那个"无用阶级"的到来，距离我们是如此之近。就在我们可以预想到的二三十年后，我们自己，我们的孩子，就完全可能变成他口中的"无用阶级"。

　　他反复强调的算法的集权，眼下也正在一步步发生。脸书会被政客轻易利用，以精准投放政治谣言；算法主导的信息平台，能把人牢牢局限在过滤气泡之中，僵化一个人的认知水平。而在大数据面前，我们每个人不仅都在变成透明人，还有可能遭遇越来越多因为概率带来的不公正对待。

　　在权力与资本的联合下，算法和数据共同构建的"1984"，离我们并不遥远。

　　在这次对谈中，没有和尤瓦尔·赫拉利深入讨论下去的，还有教育的不公平。我们谈到教育的创新变革。而那些在当下就有可能享受最前沿、最先进教学理念的教育的孩子，大多数都是那些精英的二代。他们的父母为他们创造了足够的空间，提供了足够的资本，让他们可以跳出传统教育的禁锢，尽可能去创新、探索，培养尤瓦尔·赫拉利在谈话中说到的"灵活思维、平衡心理"。

而在 2018 年，至少在中国，我们绝大多数的孩子依然坐在 100 多年前创造的、最传统的教室里，听从着高考的指挥棒，在学习那些可能当下就已经过时的知识。还有那些来自更贫困、更弱势家庭的孩子，甚至可能都已经被这样的应试体制淘汰，或者早早辍学打工。很难想象，未来以人工智能为代表的科技革命，对他们而言意味着什么。

焦虑，并不是被尤瓦尔·赫拉利创造的。它们始终都在。

我们不去思考教育的变革，不去思考对数据和隐私的平衡，不去考虑对权力的限制，到 2040 年、2050 年，这些焦虑就不再仅仅是焦虑，而会成为我们这代人真实经历的危机。

而要寻找焦虑的解药，我们要依靠的，不只有这些智慧的头脑。我们可能会表现得比想象的更好一些吗？

亚力克斯 · 塔普斯科特:

区块链将彻底改变商业生态

第一眼见到亚力克斯·塔普斯科特时，我愣住了——因为我完全没想到，出现在我眼前的，会是这么年轻帅气的一个人。他身着蓝色西装，打着猩红领带，发型一丝不苟，眼神深邃坚毅。他主动而热情地率先迎来，握手得体有力。

　　我迅速回忆了一下见面前准备的资料。《区块链革命：比特币底层技术如何改变货币、商业和世界》的作者、《维基经济学：大规模协作如何改变一切》的作者、"数字经济之父"——能被称作"之父"的人，不应该这么年轻啊。

　　亚力克斯似乎看出了我眼中的迷惑，爽朗大笑："你是不是在想，我之前预约要见面的是老塔普斯科特还是小塔普斯科特？"

　　是的，那个"数字经济之父"，唐·塔普斯科特，是他的父亲。

　　亚力克斯并不避讳谈论他的父亲。事实上，他的父亲也是对他人生和事业影响极深的一个人。《区块链革命》这本书，正是父子两人的联袂之作；而最近，他们父子两人也共同获得了"数字思想大奖"。此外，让亚力克斯颇为骄傲的父子"联合作品"，还包括两人共同发起的"区块链研究中心"。

"确实是因为我的父亲，我才会对数字经济、区块链这样的话题如此感兴趣。"亚力克斯1986年出生在加拿大多伦多。而那时，他的父亲——唐，已经出版了两本数字管理方面的专著。唐游刃有余地游走于学术与商业两界。他是加拿大多伦多大学罗特曼管理学院兼职教授、特伦特大学荣誉校长和世界经济论坛等机构的特聘顾问；同时他也是塔普斯科特集团的CEO。他前后出版了16本书。其中的《维基经济学：大规模协作如何改变一切》被翻译成25国语言。书中对集体协作的诠释和解读，刷新了人们对网络时代开放、平等、共享的商业原则的理解。

在父亲的影响下，亚力克斯早期的成长，基本沿着一条标准的"学霸"路径进阶。他本科毕业于艾姆赫斯特学院（美国三大文理学院之一）。他现在的职业身份，是特许金融分析师、风险投资人和加拿大多伦多大学罗特曼管理学院马丁繁荣研究所研究员。他有自己的投资咨询公司西北航道（Northwest Passage Ventures），专注于为北美市场上的早期、高速增长的创业公司提供投资咨询服务；他也在业余时间积极参与公益和公共服务，目前仍担任着加拿大选举局的咨询委员——这是一个独立的无党派机构，负责加拿大各大联盟的选举和公民投票；他还是个优秀的橄榄球运动员，曾带领加拿大男子橄榄球青少年球队多次参加锦标赛。

但在他耀眼的多重身份中，他自己最在意和骄傲的，还是区块链专家这一身份。

他独立创办的投资公司 NextBlock Global，专注于区块链产业投资。同时，他还是世界经济论坛区块链全球未来委员会（Global Futures Council on Blockchain）的创始成员。2014 年，他发布了第一本《区块链治理网络》的白皮书。在这个领域深耕多年后，与父亲唐合著的《区块链革命：比特币底层技术如何改变货币、商业和世界》可谓他的心血之作。这本书的大量一手素材来自于亚力克斯对其投资项目的研究、与多国政商精英的对谈。父子俩在书中展示了区块链将给各个行业带来的巨大冲击，被《金融时报》评价为"为下一大创举提供了深刻、平衡且富有启发的指导"。哈佛商学院的克莱·克里斯坦森教授，则将其视作指引人们如何在下一波科技引领的浪潮中存活并胜出的必读书籍。

对于区块链，这位行走在学界、业界最前沿的青年才俊，显然有着最全面而深刻的观察。

消灭中间人

问： 你把区块链称作互联网之后的又一次革命。既然是"革命"，就意味着之前的体系存在缺陷。在你看来，现有的互联网到底出了什么问题，以至于需要一场"革命"？

答： 过去 30 年的发展，使互联网成为人类最重要的沟通平台和分享平台，但它本身对商业和贸易的影响并不乐观。这点简单易懂。使用互联网传递信息时，发送的信息实际上是原有信息的副本，这对于电影、网站、PDF 文件等信息来说是可行的。但如果信息涉及金钱交易，那么发送副本信息就是不可取的。

我们如今使用网上交易系统，必须要有中间人在交易过程中做担保，比如银行、政府、大型科技企业都是常见而重要的中间人。它们首先要能够识别交易各方的身份，然后才可以执行、保护、完成和记录交易。它们在漫长的发展过程中赢得并积累了信任。

这些机构有自身的限制，其中最主要的问题是其中心化的结构。所有中心化的机构都极易受到攻击，导致数据被截取、隐私被破坏。而保护这些中心化的系统的成本很高，耗时也长。

问：区块链革命就能真正解决这些问题吗？

答：区块链革命为互联网带来了巨大的价值。人类第一次可以随时随地在这个覆盖全球的平台上发送和存储有价值的东西。而有价值的东西不仅限于金钱、比特币，也包括股票、基金等金融资产，选举中的选票也包含其中。这些都是私密的、应该受保护的信息，而传统的第三方平台是不值得信赖的。与传统平台相比，区块链通过大规模协作、加密和巧妙的代码建立信任机制，就不再需要第三方的介入。区块链革命将会彻底改变商业中间人模式，这将对社会各界产生深远的影响。

问：我们现在的社会运转中，中间人扮演着非常重要的角色。中介、居间、服务的业务也提供了大量的就业岗位，像金融行业，其实就是一个资本中间人的角色。一旦中间人消失，是否会带来一些新的风险，或者说会否给社会带来一定的冲击呢？

答：对于很多行业来说，中间人的消失很大程度上会产生积极作用。例如你所说的金融行业，这个行业的很多岗位扮演的就是中间人的角色。区块链在金融服务领域的普及推广，将彻底改变金融行业，人们也将从中受益。跟 20 年前相比，现在信息的传送成本大幅下降，但财富的传送仍需要很多时间和劳力才能完成。不仅如此，跨国交易还需要 10% 的手续费，对于一些人来说，成本超过了能承受的范围，令人困扰。因此，不依赖于中间人，而是使用新技术建立信任机制，可能会使成本下降。对于金融服务领域和其他行业都是如此。区块链并不仅是改变金融业，它改变的其实是企业的交易方式。

企业存在的原因，就是交易会有成本，以企业整体来交易会使成本下降。而当我们用区块链平台来建立信任机制时，交易成本将接近于零。这对于企业来说是全新的交易方式，而且还可以降低交易风险。因为按照以前的交易机制，中间人的存在使得企业在交易时需要信任另一个机构，这是有风险的。举例来说，如果交易有问题，老办法是找一家机构进行审计，而这不如使用科技手段那样精准。人们需要一个灵活且耐用的技术，能查看历史记录，也能辨别真假。区块链的出现就能满足这样的需求。

颠覆企业运作模式

问:除了消灭中间人、降低交易成本，区块链的出现对传统企业还会产生哪些颠覆性的影响？可否举几个典型案例？

答:区块链确实颠覆了很多行业的运作模式，不止限于传统企业。

对西联汇款（Western Union）这样的传统企业来说，区块链技术可以让国际P2P支付不走三方平台。而对共享经济领域里的优步（Uber）、滴滴和爱彼迎（Airbnb）等创新企业，区块链技术也有很高的应用价值。

我们以优步为例，它有四个特征：第一，通过用户给司机评分的机制构建信任；第二，乘客在下单前并不知道司机的服务态度如何；第三，乘客和司机通过优步的平台达成协议；第四，乘客使用银行卡或贝宝（PayPal）应用付款。而区块链技术可以对以上全部特征进行优化。首先，区块链技术通过历史交易记录确定个人电子身份，可信度高。其次，区块链的分布式账本技术可以帮助建立口碑。再次，区块链的智能合约机制可以在乘客和司机间建立数字合约。最后，区块链可以带来新的支付技术。

不论是传统企业还是创新企业，区块链技术都将为它们带来颠覆和挑战。

立即拥抱区块链技术

问： 这么说来，区块链技术一旦被大范围应用，传统的银行、政府和大企业作为现有体制的"既得利益者"，就会被革命掉了。这些最先受到影响的组织机构，它们应该怎样应对这场变革呢？

答： 我对这些机构的管理者、从业者的第一个建议是，先亲身感受一下，区块链的魔力和作用到底在哪里。可以买一些数字货币，如比特币、以太币，自己先感受一下这种新科技的运作方式。

只有感受了，才明白挑战究竟在哪里，应该做怎样的应对。在这之后，从业者们应该多学多看，了解你的公司能做什么，了解你的对手在做什么，还要去了解产业之外的发展。但最重要的还是要做试点规划。

问： 试点规划？这是什么意思？具体可以怎么做？

答： 这其实并没有想象的那么难，可以通过以下四个方法：

第一，与该领域的龙头科技企业合作。比如 IBM、微软这些已经开始涉猎区块链领域的企业。

第二，与科技创业公司合作。像共识系统（Consensus Systems）这样的科技创业公司可能更知道如何解决各个行业里常见的商业难题，更懂比特币和以太坊这样的区块链技术。

第三，与德勤、普华永道这样的专业金融服务企业合作，因为这些企业有专业的审计和报税流程。

做到了以上三点中的任意两点后，下一步就应该开始任用企业内熟知该领域的优秀 IT 人才，并考虑怎样把企业转向这个新的技术平台。这对电商巨头来说尤为重要，是首席信息安全官（CISO）需要考虑的问题。一个企业不单是多个部门的集合体，其经营者要有长远的发展策略，知道如何调配 IT 人员的结构，以适应科技进步。

第四，就是要立刻行动。因为此次变革会比以往的变革迅猛很多，成功的条件就摆在眼前。30 年前互联网开始兴起的时候，全球只有2500 万台个人电脑，大部分还未连接网络，而中国当时甚至都没有互联网；但今天全球一半的人口都已经拥有电脑和智能手机。总的来说，成功的前提和办法均已具备，应该马上行动起来。

机遇属于所有人

问： 在区块链的发展和应用上，哪个国家会处于领先地位？

答： 这个问题很值得思考。在第一代互联网发展时期，大多数相关的企业、先进的科技都诞生在美国，这让美国在这段时期处于全球领先地位。之后我们迎来了移动革命，美国有了很多有力的竞争者，中国就是其中一个。

第二代互联网发展时期，机遇是大家的，谁都可能成为领导力量。中国与美国有很大不同，中国移动科技的发展速度让人难以追赶。很多人从物质匮乏、资金短缺的状况中一跃进入移动革命时代，触碰最前沿的科技，徜徉在互联网海量信息之中，物质实力日渐积累，已超越世界上很多国家的人。就拿中国来说，成为世界领导力量的先决条件已经存在，但这个领导地位是普适的，任何发达经济体都有这个潜力，例如德国、加拿大和英国。科技进步影响全球的资金流动，逐渐造就了伦敦、新加坡、东京和中国香港这样的金融中心。未来的机遇之多之广难以预料，在第二代互联网发展之际，任何想要担起领导重任的国家都将找到机遇。

问： 在你看来，区块链技术需要多久才能被广泛应用？

答： 在一些行业，区块链技术已经普及。比如加密货币的使用率就已经很高，Blockchain.info 是全球使用最多的比特币钱包，发展两年以来下载量达到 1500 万次，也就是说加密货币的用户基础已经形成。我认为，银行和保险公司这样的企业在不久的将来都会举步维艰。所有人都在注视着未来的走向，对于科技创新者和企业家来说，与其预测未来，不如创造未来。

终极之问

问： 区块链技术是否会让我们的未来更美好？我们的世界会变得更好吗？

答： 我认为未来是不可预测的，只能说是有待实现的。我会把预测留给那些未来学家。但我会说，我认为我们会经历、目睹区块链世界大赛第一局的全过程及其结束。接下来的 5 年、10 年、20 年甚至更长时间，区块链技术将从根本上改变我们的许多机构，从公司到政府，以及其他所有领域。人们倾向于高估技术在短期内的影响，但大大低估了它的长期影响。我希望在 10 年后，我们会倍感珍惜地回顾第一次区块链革命，因为我们利用强大的技术为所有人创造了公平、繁荣的未来。

对话手记

与亚力克斯的对话，让我觉得很"踏实"。

这是什么意思呢？在当下中国，区块链是一个让人疯狂的概念。很多人几乎快忘了它的技术本质，直接将区块链与虚拟货币画上等号。一说起从事区块链行业，似乎就等同于炒币。"币圈"流传着各种一夜暴富的神话，也四处是神话破灭后的悲剧故事。

而我说的这种"踏实"，便是亚力克斯让我更加清晰地看到，在追逐那些虚妄的神话背后，还有很多人正专注于底层技术的研发，专注于思考这种技术的本质与我们社会的未来。

正如亚力克斯所谈，在首先会受到区块链冲击的金融行业，其实有很多嗅觉敏锐的人，早已行动起来迎接挑战了。科技圈也有大量人才投入技术框架的搭建之中。在北京，有多个区块链技术联盟，基于区块链应用的新兴金融科技公司正在兴起，监管部门也以积极的态度在研究数字货币，制定监管政策。

但在技术、金融行业和监管部门之外，很多普通人——例如我，其实并没有真正想过，这个新兴技术到底会怎样改变我们的日常生活。

在我的想象中，如果将整个社会的运行比作海上巨轮，那我们现在看似平静的海面下，正是各种暗潮汹涌。因为区块链，很多行业的很多岗位将彻底消失，利益关系会完全改变；金融交易成本大幅度下降，版权保护迎来新的模式，民主投票有了新的技术保障……这些暗流的汇聚，正悄然推动着我们的巨轮更快前行。

这一前进的速度究竟能有多快？

我们拭目以待。

06

马丁·沃尔夫：

全球化的新舵手——中国

我对马丁·沃尔夫的关注，是从 2010 年左右阅读英国的《金融时报》开始的。马丁·沃尔夫是这份极具威望的财经媒体的副主编及首席经济评论员。和 4 位英国国王、8 位其他国家国王、6 任英国首相以及知名媒体人《经济学人》总编辑詹尼·明顿·贝多斯、政治家昂山素季一样，他在牛津大学就读 PPE 专业（哲学、政治学、经济学专业）。这个专业的特性，正如英国精英社会的特点一样，讲求的是培养今天打理监狱、明天掌管经济、后天在外交圈谈笑风生的全才政治家。而马丁·沃尔夫似乎对跳来跳去的生涯不感兴趣，1981 年离开世界银行后不久，他就加入英国《金融时报》，此后一直对老东家《金融时报》、对全球化和自由市场的概念一往情深、忠心耿耿。

　　怀念不如相见，和沃尔夫先生神交已久的我，终于在 2016 年的中国发展高层论坛上见到了他。在这场有将近 50 位部级领导出席、国内外学界大咖云集的思想盛会上，马丁·沃尔夫牢牢抓住了我的眼球。那是在学者官员们讨论中国债务问题的时候。2016 年 3 月，全球两大信用评级机构穆迪和标普先后将中国的评级展望下调至负面。下调的首要原因，就在于债务上升。中国债务风险是否可控的讨论已经持续数年。与会人员中有人提出，中国的债务问题并不严重，从全球来看处于整体偏下的水平，主要是结构性问题，并没有系统性金融风险。话音刚落，马丁·沃尔夫就予以回应：危机爆发前每个人都认为"这次不一样"，但危机往往是在忽视中爆发的。他给出了对中国的金融状况有所担忧的两大理由：一是金融体系在短期内创造了条件，使得银行短期信贷大幅增加，而长期可能出现恐慌；二是银行业风险集中，一旦出现问题，将无人幸免。

马丁·沃尔夫的回应，让身在现场的我印象极其深刻——在这种郑重、官方的大论坛上，嘉宾们当面交锋、针锋相对的场景可不常见。

显然，马丁·沃尔夫是一个不管在什么场合，都有底气发表不同意见的人：扎实的学术功底，对全球市场数十年的研究和积累，给了他充分的底气。

1946 年，马丁·沃尔夫出生在英国伦敦的一个犹太家庭。他的父亲是位剧作家，在二战前，其家族从维也纳搬到伦敦。而他母亲的家族却没有那么幸运。二战大屠杀期间，他的母亲先后失去了将近 30 位亲属。这些发生在他出生之前的惨剧，却在冥冥之中影响、决定了沃尔夫的职业选择。他对极端政治极其警惕，并坚信经济上的错误政策是二战爆发的根源之一。

他在牛津大学的基督圣体学院完成本科学业，主攻哲学、政治学、经济学。而后又继续在牛津大学获得经济学硕士学位。相较于继续从事学术研究、攻读博士学位，沃尔夫更愿意将他的精力投入实务界。

他职业的起点，是在世界银行。从某种程度上来说，也正是在世界银行的工作经历，将他彻底推向了经济自由主义。彼时，世界银行开始大规模向发展中国家投放贷款。这种人为的政策干预，将不少国家拖入债务危机。由于对政府的"宏观调节"深感质疑，同时也深受哈耶克等自由主义学者的影响，沃尔夫成为坚定的自由市场经济的信仰者。

沃尔夫在 1996 年升任《金融时报》首席经济评论员，在《金融时报》这样具有国际影响力的平台上，沃尔夫屡屡为贸易全球化、市场自由化呐喊发声，更成为经济自由主义的领军人物。2004 年，沃尔夫出版《全球化为什么可行》一书，被哥伦比亚大学经济学教授阿温德·潘纳加里亚评价为：为全球贸易自由化做出了"最为优雅而又热情洋溢的捍卫"。

然而，2008 年的经济危机，让沃尔夫的思想再一次发生了转变。这场发端于次贷危机的金融海啸，动摇了他对自由市场的绝对信任。在他随后发表的诸多文章与言论中，沃尔夫似乎又开始重新反思并回归到他最初接受经济学启蒙时接触到的流派——凯恩斯主义。在一系列关于金融危机的评论与报道中，沃尔夫着力倡导政府主导的"救市政策"，而不再固守自由市场的传统理论。

沃尔夫在学术界与业界的成就，为他赢得诸多声誉。他被公认为世界最有影响力的宏观经济评论人之一，跻身《外交政策》杂志评选的全球最重要的 100 位思想家之列。

由于他对财经新闻做出的杰出贡献，沃尔夫于 2000 年荣获大英帝国司令勋章（CBE）。他是牛津大学纳菲尔德学院客座研究员，并被授予剑桥大学圣体学院和牛津经济政策研究院（Oxonia）荣誉院士称号，同时也是诺丁汉大学特约教授。自1999年和2006年以来，他分别担任达沃斯每年一度"世界经济论坛"的特邀评委和国际传媒委员会的成员。2006年7月，他获诺丁汉大学文学博士荣誉学位；在同年12月，他又荣获伦敦政治经济学院科学（经济）博士荣誉教授称号。

在这个全球市场变化莫测的时代，对全球化、中国模式以及令人忧心的债务危机的解读，恐怕找不到比沃尔夫更合适的人了。

重视反全球化的可能性

问：美国总统特朗普上台后，强调以美国利益为中心的贸易保护主义，反对全球自由贸易。你怎样看待以美国为代表的反全球化浪潮？

答：在过去200年的时间里，人类社会出现了两次全球化，第一次出现在19世纪中后期，第二次出现在最近30年。第一次全球化因为战争和经济大萧条而全面崩塌，第二次全球化则面临着经济危机和区域矛盾所带来的严重威胁。第二次全球化所造成的财富迁移、移民等问题引起了一些西方国家的强烈抵制。

在我看来，目前全球自由化受到了一些挫折，贸易保护主义已经抬头。但是在贸易领域的反全球化趋势还没有完全显现，风暴正在酝酿之中。这主要表现在三个方面：第一，我们可以从2000年以来的美国政策中看出一些反全球化的端倪；第二，特朗普当选总统更加证明了美国反全球化的倾向加剧；第三，特朗普成为总统意味着美国会更多地实施反移民措施。

美国在全球经济发展中具有重要地位，如果它实施保护主义政策，会对全球经济造成较大影响，给世界经济和全球化带来不确定性。美国如果采取经济封闭政策，就会减少与中国的贸易往来，中国经济也会受到一定的影响。

问：现在和特朗普上台相提并论的另一件大事，是英国脱欧。英国脱欧也被视作一大逆全球化事件。在你看来，英国脱欧到底会给全球化带来什么影响？

答：英国脱欧对全球化的影响没有那么重要。欧盟是全球最大的经济体，英国脱欧会减少其与欧盟的经济贸易，但是英国仍然鼓励自由贸易，所以英国在经济上仍然会继续保持开放的姿态。人们在讨论反全球化的议题时经常会以英国脱欧来举例，但事实上英国脱欧和反全球化之间并没有很大关联，英国脱欧是由欧盟的法律法规引起的。英国并不反对自由贸易。几千年来，英国一直是支持和鼓励自由贸易的，这种精神直到现在仍然没有改变。

我们再来看美国。19世纪中期，在第一次全球化开始时，美国作为一个国土面积十分庞大的国家，接纳了大规模的移民，那时美国的政策对于其他国家来讲是异类。美国共和党当时想要组建一个自由贸易平台，没有中央银行，反对法律法规，但他们保护国家政策，保护政党，从而保护产业的发展。可以说，特朗普在一定程度上遵循了共和党人的精神，他对产业进行了保护，其政策也是经济国家主义的一种体现。其他国家，如法国和中国在历史上也有相似的做法，但是英国却没有。这是因为英国是一个很小的国家，其本身就是贸易的产物，传统上也是一个贸易国家，所以英国不会实施贸易保护主义政策。

问： 那你觉得英国脱欧算得上是"黑天鹅"事件吗？

答： 我认为英国脱欧和特朗普当选美国总统都不是"黑天鹅"事件，而是小概率事件。然而，我们应当注意到，如此多的小概率事件同时发生是非同寻常的。其根本原因是经济危机使得西方国家的政府在政治上开始失去效能，人们对国家经济、法律、制度、机构的信心的丧失导致一些国家的政治体系被颠覆。当这些体系变得十分脆弱时，改变就有可能会发生。

例如，1914—1945年，整个世界都在经历重大变革，美国在二战后树立了大国形象，积极影响其他国家，然而那个时代已经终结。政治变革是跳跃式的，压力就像火山一样，堆积之后就会彻底爆发。这正是英国脱欧的情形，那不是"黑天鹅"，而是火山爆发。事实上，当前火山爆发还没有完全结束。目前的阶段与一战、二战之间的阶段非常类似，全球政治经济都充满了不确定性，特朗普成为美国总统又进一步加剧了世界的不确定性。

问： 你觉得，现在这种反全球化浪潮出现的深层原因到底是什么？

答： 反全球化浪潮的出现是因为各国没有达成有效共识，所以未来不同国家之间很可能会引发贸易战争，这将会使经济全球化严重受挫。但是，反观这些国家的政治制度改革可以发现，各国在很多方面都存在共识。在我看来，当前全球化受挫的主要原因在于没有将全球贸易利益进行合理分配。我们没能帮助人们去适应全球化的贸易规则，使得人们错误地归咎于全球化带来的外来人口。同时，经济危机又让情况变得更加糟糕，这使得一些国家的政治和经济政策合法性开始发生转变，所以美国人民会选择特朗普当总统。

问：美国这种全球化的先锋国家向右转，会不会反而留给中国更多的机会？中国将在全球化中扮演什么角色？

答：由于美国特朗普政府采取贸易保护主义政策，所以美国市场不再像以前那样开放，这样一来，中国市场在全球的影响力就会逐渐提升。因此，中国的贸易战略将会变得格外重要。预计在15~20年以后，中国市场将成为全球最大的市场，中国的贸易政策也将成为全球化的主导。可以说，中国将引领新一轮全球化浪潮。

寻路中国

问：似乎有种共识，中国能否引领全球化，关键还在自身的经济能否保持强劲增长。你如何看待中国现阶段的经济结构和增长方式？

答：中国的经济发展模式从本质上看与日本、韩国有相似之处。但中国与这两个国家相比，又有其特殊之处，这是因为中国的市场规模和经济体量都很大，所以对全球经济的影响也更大。

目前，中国仍处于发展初期，但是中国的劳动力供给已经过早出现萎缩。中国有很高的 GDP、巨量的投资和储蓄，但是中国过早地到达刘易斯拐点，这意味着未来可能会面临 GDP 下降的问题，所以中国需要在经济转型中寻找新的发展模式。要做到这一点并不容易，因为经济转型需要同时做很多方面的事情。其中最重要的是，中国的经济增长要更多地依靠国内创新，而不是技术进口。同时，中国是一个大国，所以创新需要覆盖足够广泛的地区。

中国的储蓄率是全球最高的，储蓄已经达到 GDP 的 50%，但是目前中国的经济增长速度在放缓，且快速增长的产业都不是资本密集型产业。中国对基础设施的投入十分巨大，对金融投资的需求在下降。与 2007 年相比，中国的投资数额有了显著提高，但是 GDP 的增长速度却在放缓，所以投资率会降低。预计 10 年以后，中国的投资大约会占到 GDP 的 35%，这将会带来负的需求冲击。为应对这种情况的发生，中国应当努力将资本从储蓄转化为消费。在我看来，中国大约需要 15 年的时间才能完全实现经济转型。我非常担心中国在 10 年以后可能会面临与日本一样的问题，即债务太多、消费太少。

问：在你看来，中国要实现经济转型，面临哪些关键问题？

答：中国在过去 40 年的高速发展是一项惊人的纪录。强势高效的政府、庞大勤劳的人口、不断快速提升的教育素质、强大的技术能力、快速增长的创业企业以及高储蓄支撑下的高投资，这些都是中国的资产。

然而，中国也是一个极度不平衡的经济体，特别是居民可支配收入和消费占 GDP 比重仍偏低，债务占 GDP 比重飙升，投资回报率迅速下降。此外，中国的经济制度在很多方面仍不成熟。现在的问题是，中国在"新常态"的背景下能否实现稳定增长，从而跨越中等收入阶段进入高收入国家行列。如果能够成功跨越，中国将成为世界上第一个在 100 年内实现从赤贫到高收入的国家。

中国经济再平衡至少还需要 10 年。一方面，如果改革出现停滞，中国经济的增长将难以持续，中国有可能陷入中等收入陷阱。就目前来看，中国发生严重债务危机的可能性不大，但较高的债务水平从长期看可能会制约经济增长。另一方面，如果经济再平衡和改革推进得太快，投资存在断崖式下跌的风险，有可能导致经济大幅衰退，甚至出现金融危机。应对这些挑战，需要复杂灵活的顶层政策。

问： 中国目前正在深入推进供给侧结构性改革，具体到国企改革以及金融改革，你有什么观察？改革面临的障碍有哪些？

答： 我不认为自己对中国正在进行的各项改革有着充分的了解。我最深刻的印象是，尽管当前改革的方向是正确的，但毫无疑问，这项任务挑战非常大。在我的印象中，与过去过度投资所导致的过剩产能的规模相比，中国去产能计划的规模比较小。对过剩产能的投资在近几年仍是中国保持经济增长的主要途径。同样，信贷扩张也一直是宏观经济管理的主要工具。自 2007 年以来，一些国家的非金融私营部门出现了去杠杆化，特别是在美国、英国和西班牙。不过，政府债务的增加远远大于私人部门总债务的下降。在许多国家，危机过后混合使用金融抑制、货币化、通胀和债务重组等手段似乎是没有悬念的事情。总的来说，去杠杆是不太可能实现的。因此，从本质上看，当前去产能和去杠杆政策只是缓解了一些症状，并没有真正解决中国所面临的根本问题。

问：要解决中国所面临的根本问题，到底该怎么办？中国要平稳实现你所说的结构转型，你有什么建议？

答：中国经济结构转型主要需要解决几个问题：投资率远高于其他几个高增长经济体，需求严重依赖投资，全要素生产率增长率（衡量单位投入的产量变化）下降，长期需求疲弱。中国增量资本产出率（衡量投资对增长贡献率）从20世纪90年代末的3.5上升到近些年的7。也就是说，投资对增长的贡献已经减半了。假设资本产出率维持在现有水平，而经济增速下滑到6%，那么，投资占GDP的比重应该降低10个百分点左右。如果投资快速下降，需求也将下降10个百分点；如果投资保持不变，则会出现债务大量累积和经济资源浪费。所以，关键在于结构调整的速度，在较长一段时期内——比如，25年，而不是10年内，让投资增长慢于GDP增速，让消费增长逐渐快于GDP增速。考虑到当前居民可支配收入仅占GDP的60%且约三分之一的收入会用来储蓄，增加消费的唯一方法是增加居民可支配收入，因为降低储蓄率在短期内不太可能。而增加居民可支配收入会进一步挤压企业利润并削弱企业投资能力，如果政策制定者禁不住诱惑要重启信贷驱动的投资引擎，这样做将推迟必要的调整，而且几乎必然会给未来经济带来更大的调整性冲击。

解析中国评级展望下调

问：标普和穆迪下调中国评级展望会对中国经济和金融市场产生怎样的影响？

答：穆迪在2016年3月曾将中国评级展望从"稳定"下调至"负面"。后来在2017年5月，将中国的评级由Aa3下调至A1，评级展望由"负面"调整为"稳定"。调整评级展望的三个主要理由是：第一，目前及未来财政指标走弱，这体现在政府债务上升，以及政府资产负债表上庞大且不断增加的或有债务；第二，由于资本外流，政府外汇储备缓冲持续下降，凸显了政策、货币与增长风险；第三，鉴于改革面临艰巨挑战，政府为解决经济失衡而实施改革的能力存在不确定性。这些理由都是有根据的，问题在于它们是否会产生重大影响。我的答案是，中国政府应该不会发生违约。但穆迪所指出的问题也应该注意，中国的金融体系正变得越来越脆弱，政府最终将承担大量债务。金融抑制以及过多流动性也需要关注。

问：有人认为，标普和穆迪高估了中国当前面临的困难。你认为中国有可能如它们所说的那样出现经济危机或硬着陆吗？

答：评级机构确实没有做到一视同仁。比如，它们对待中国和与中国经济体量差不多的发达国家有所区别，这是歧视。但是，也有人认为发达国家长期以来有着良好的债务偿付记录，也有一系列政治和经济制度以保证其继续偿付债务的承诺相对可信。中国目前明显还达不到这一要求。我认为中国应该接受这种现状。国外评级机构适用于中国的标准只会比对其本国更加严格。中国经济急剧放缓并非完全不可能出现。企业债务不可持续地增长，加上经济依赖投资作为供给与需求的来源，共同造成了中国经济模式的脆弱性。在一个经济体增速放缓时，其内在的不平衡会凸显出来。随着中国经济增速放缓至 7% 以下，占 GDP 45% 的投资很难再具有经济合理性。此外，高比例的投资还带来了债务的爆炸式增长以及全要素生产率增速下滑。自 2011 年以来，中国新增资本一直是新增产出的唯一来源，全要素生产率对增长的贡献接近于零。而随着投资回报率暴跌，增量资本产出比大幅飙升。社会融资总量与 GDP 的比例从 2008 年的 120% 升至 2014 年的 193%。

随着经济放缓以及增长重心从制造业和建筑业转向服务业，私营部门的投资需求必然会萎缩。但投资带来了近一半的需求，在投资增速放缓时，维持总需求水平是巨大的挑战。不过，尽管要避免需求（以及增长）出现意外的大幅放缓非常困难，但政策制定者拥有防止金融危机的工具。只要中国的金融体系仍然与国际金融市场保持紧密联系，以及中国政府仍然是较大的海外净债权人，中国并不会出现太大的危机。当然，如果中国政府打算完全放开金融市场并减少外汇储备，风险将会有所增加。中国过去大规模积累起来的外汇储备出现下降是合情合理的，但这样的变化肯定有一定限度。中国需要展示自信，对评级机构的展望调整保有理解和自信的心态。

终极之问

问：如果中国能够继续保持现有的经济增长势头，不可避免地会与美国、欧洲等的现有秩序发生冲突。像"修昔底德陷阱"①这一概念，正是用来说明新兴大国和既有大国之间互不信任并最终走向战争的宿命。在你看来，大国之间的冲突是否不可避免？我们的未来会更好吗？

答：美国曾用强大的军事、文化和经济实力，以及价值观和意识形态，建立起强大的西方国家联盟，而现在筑起篱笆的美国却在远离这些价值观。无论是西方国家内部还是中美关系的摩擦，都将令全球经济复苏前景黯淡。发达国家在全球经济中的地位逐年下降，相反，一个强大、稳定的中国逐步崛起。但全球化的今天，中国并非可以独立发展，中国和世界的关系决定了中国的未来。在中美关系中，中国受到国际秩序和协议带来的压力，这是正常的。但美国和其他西方国家也必须遵守国际秩序和协定，若施压者言行不一，中国是不会感到有必要遵守这些规则的。威胁在于西方传统经济发展范式受到挑战，而其中的公民却浑然不知，金融危机仅仅是一个开端。但对于未来，我非常乐观，美国以及西方有能力也终将必须与崛起的中国共处，未来世界将由中国和美国联手领导。

---

① 修昔底德陷阱是指一个新崛起的大国必然要挑战现存大国，而现存大国也必然要来回应这种威胁，这样战争变得不可避免。

和沃尔夫的对话过程中，始终有两个字盘桓在我心头：焦灼。

这种对焦灼的感知，可能来自他严肃的表情、习惯性紧皱的眉头；但更多的来自于他谈到贸易保护主义与反全球化时，言语间流露出的明显的失望。

对沃尔夫而言，全球化几乎是他的信仰。在《全球化为什么可行》一书中，他完全是用传教士般的热忱在为全球化辩护。他一条条驳回对全球化的指控，辨析论证全球化到底是否加剧贫困、恶化不公；跨国公司是否真的只是在牟取暴利、剥削劳工、转移污染；金融自由化到底会不会加大发展中国家遭遇金融危机的风险……在他眼中，一系列与全球化有关的问题，根源并不在全球化，而在一系列违背自由市场的壁垒。如果全球化的能量可以得到更充分的释放，会给全世界带来更高的经济增长、福祉改善。

不难想象，这样一个对全球化怀有诚挚理想的人，看到曾经是全球化舵手的美国，在特朗普的带领下反而高筑壁垒、执行一系列反全球化的政策，会是多么失望。

以沃尔夫为代表的许多西方经济学家，将全球化浪潮的希望寄托在中国身上。

在中国的官方语境下，中国正在全力拥抱全球化。"一带一路"的大手笔，大批国企与民营资本"走出去"，全球化的投资与产业布局，乃至文化、价值观的大规模输出，中国毫无疑问已是全球化舞台上最引人注目的玩家。

但也正像沃尔夫所说，中国自身还面临着一系列经济改革、发展转型的问题。中国能否保持经济增长，与全球化能否成功息息相关。

而另一方面，中国民间还充斥着一些对全球化的不满、不解之声。在民族主义高涨的当下，有中国公众动辄诉诸爱国情绪，要求保护民族企业；一味膨胀的民族自豪感，也逐渐演变成对国外文化、思想的排斥。这些言论与思潮，显然也与全球化的语境相去甚远。

中国究竟会在全球化浪潮中扮演什么角色？我拭目以待。

07

米歇尔·渥克：

驾驭"灰犀牛"的艺术

"既防'黑天鹅',也防'灰犀牛',对各类风险苗头既不能掉以轻心,也不能置若罔闻。"

　　2017 年 7 月,当我第一次在《人民日报》上看到这句话时,立马就与《灰犀牛》一书的作者——米歇尔·渥克进行了一场长达 40 分钟的 Skype 通话,第一句就是:米歇尔,你的"灰犀牛"要火了!那时,全国金融工作会议刚刚召开,《人民日报》连发三篇评论员文章。对于广大市场从业人士而言,这些文章无疑暗含着官方意志,是政策改革的重要风向标。而开头那句话,就出自第二篇评论员文章:《有效防范金融风险》。

　　果不其然,一时间,几乎所有主流媒体乃至自媒体,都在谈论"灰犀牛":"灰犀牛"到底是什么?什么是中国的"灰犀牛"?如何应对"灰犀牛"?……毫不意外,《灰犀牛》一书也随之热卖,很快成为中国最畅销的英译书籍之一,并被贴上"一本塑造中国未来规划与政策的书"的标签。

"你觉得《灰犀牛》在中国的火爆,属于'黑天鹅'还是'灰犀牛'?"在电话会议中,我问渥克。她哈哈大笑。"当然都不是。大卖是好事,不是风险。"不过,她又在这两个比喻间琢磨了一会。"一定要用这两个比喻的话,我觉得是'灰犀牛',我还是有信心,这本书会受到中国读者的喜欢,这是大概率事件。"

大概率且影响巨大的潜在危机——这就是由渥克创造的"灰犀牛"的概念。与"黑天鹅"的比喻正好相对,黑天鹅专指小概率却影响巨大的事。而非洲草原上的灰犀牛,看似目标巨大、反应笨拙,但一旦向你狂奔起来,你将毫无招架之力。

这一巧妙、生动的比喻,最早由渥克在 2013 年的达沃斯论坛上提出,而后她慢慢丰富理论,最终在 2016 年出版了她的专著:《灰犀牛——如何应对大概率危机》。

在这本书中,渥克提出人们面对"灰犀牛"的五个阶段:首先是否认,否认存在危险或刻意弱化其危险性;接着混日子,意识到危险存在后,采取拖延战术,把问题留给未来;到了第三个阶段,人们开始争吵,因为不确定到底应该做些什么,于是在寻找解决方案的过程中相互指责、推诿责任;第四个阶段是惊恐,发现"灰犀牛"真的要发动攻击了;最后,要么行动,要么崩溃——但这些行动偶尔发生在"灰犀牛"发动攻击之前,大多数时候都在其后。

渥克在书中强调, "灰犀牛"并不会突然出现,而总有一系列的警告和征兆。无论是苏联的衰败和分裂、数码技术对传统媒体的颠覆,还是 2008 年美国房地产泡沫集中爆发——这些"灰犀牛"在到来前,都有明显征兆。识别这些风险,防患于未然,对危机进行预管理，是领导者和决策者们的必修课。

渥克在书中给出她关于应对"灰犀牛"的建议，这背后是她在政策制定、危机管理领域多年的探索与积累。

1969年，渥克出生在美国堪萨斯一个移民家庭。父亲一方来自东欧，母亲一方则来自比利时。因为家庭复杂的移民史，渥克很早便有了同龄人所不具备的"国际视野"，也一直对移民议题非常感兴趣。她经常在欧洲的亲戚家度过她的寒暑假。因为母亲的家人住在布鲁塞尔的弗拉芒地区，这让她对语言政策和政治，以及各种文化冲突着迷，甚至将此作为大学专业。

大学某一年暑假，她获得一份奖学金前往加勒比海上的海地岛，对这个小岛上的两个国家——曾被法国统治的海地与曾被西班牙殖民的多米尼加——之间的张力与冲突做田野观察。这段扎实的调研，让她写就了自己的第一本书：《公鸡为何争斗：多米尼加，海地，与对海地岛的争夺》（*Why the Cocks Fight: Dominicans, Haitians, and the Struggle for Hispaniola*）。

同样与这段经历有关，渥克来到哥伦比亚大学的国际与公共事务学院继续深造，获得硕士学位。而后，她在道琼斯通讯社和《国际金融评论》负责报道新兴市场金融与国际发展的新闻。

对金融、经济问题的关注，叠加早年对移民、文化冲突的兴趣，2006年，渥克又出版了第二本书《封锁》（*Lockout: Why America Keeps Getting Immigration Wrong When Our Prosperity Depends on Getting It Right*）。从这本书开始，渥克的职业生涯也从记者转向了政策研究，并在之后成为世界政策研究所的负责人。

因为记者和政策研究者的身份，渥克深度调研过阿根廷的金融问题，也近距离观察过希腊债务危机。正是基于对这两大危机的一手研究采访，渥克写成了《灰犀牛》一书。

2015 年，渥克创办了一家名为"灰犀牛"的智库，专门为组织、个人提供教育培训，帮助他们将《灰犀牛》一书的理论应用于实践，将那些明显却被忽略的隐患转变成机遇。

因为她在新闻报道与政策研究等领域的成就，2007 年，渥克获得了古根海姆学者奖，2009 年，她被"世界经济论坛"授予"青年领袖"的称号。

"其实从我的经历来看，我关注的东西非常广泛，"渥克在向我详细介绍了自己的思想成长路径后总结道，"移民、新兴市场债券、主权债务危机、公民权利、全球经济、女性领导力、人权……都是我作为记者、作家、智库负责人一直在关注的议题。但我最擅长的，就是把这些复杂的议题连接起来，分析这些复杂问题，找到政策和商业的解决方案。"

关于中国的"灰犀牛"，关于我们即将面对的这些复杂问题，我也迫不及待想听到渥克的分析与解答。

直面问题，解决问题

问：要躲避危险，首先要做的是发现危险。在野外发现犀牛的能力是长期训练的结果。我们应该如何提升发现"灰犀牛"式危机的能力？

答：常常有人希望我预测市场何时会崩溃，而单单专注于预测来的美国政策中看出一些反全球化的端倪；第二，特朗普当选总统更加证明了美国反全球化的倾向加剧；第三，特朗普成为总统意味着美国会更多地实施反移民措施。

美国在全球经济发展中具有重要地位，如果它实施保护主义政策，会对全球经济造成较大影响，给世界经济和全球化带来不确定性。美国如果采取经济封闭政策，就会减少与中国的贸易往来，中国经济也会受到一定的影响。

问：现在和特朗普上台相提并论的另一件大事，是英国脱欧。英国脱欧也被视作一大逆全球化事件。在你看来，英国脱欧到底会给全球化带来什么影响？

答：英国脱欧对全球化的影响没有那么重要。欧盟是全球最大的经济体，英国脱欧会减少其与欧盟的经济贸易，但是英国仍然鼓励自由贸易，所以英国在经济上仍然会继续保持开放的姿态。人们在讨论反全球化的议题时经常会以英国脱欧来举例，但事实上英国脱欧和反全球化之间并没有很大关联，英国脱欧是由欧盟的法律法规引起的。英国并不反对自由贸易。几千年来，英国一直是支持和鼓励自由贸易的，这种精神直到现在仍然没有改变。

我们再来看美国。19 世纪中期，在第一次全球化开始时，美国作为一个国土面积十分庞大的国家，接纳了大规模的移民，那时美国的政策对于其他国家来讲是异类。美国共和党当时想要组建一个自由贸易平台，没有中央银行，反对法律法规，但他们保护国家政策，保护政党，从而保护产业的发展。可以说，特朗普在一定程度上遵循了共和党人的精神，他对产业进行了保护，其政策也是经济国家主义的一种体现。其他国家，如法国和中国在历史上也有相似的做法，但是英国却没有。这是因为英国是一个很小的国家，其本身就是贸易的产物，传统上也是一个贸易国家，所以英国不会实施贸易保护主义政策。

问： 那你觉得英国脱欧算得上是"黑天鹅"事件吗？

答： 我认为英国脱欧和特朗普当选美国总统都不是"黑天鹅"事件，而是小概率事件。然而，我们应当注意到，如此多的小概率事件同时发生是非同寻常的。其根本原因是经济危机使得西方国家的政府在政治上开始失去效能，人们对国家经济、法律、制度、机构的信心的丧失导致一些国家的政治体系被颠覆。当这些体系变得十分脆弱时，改变就有可能会发生。

例如，1914—1945 年，整个世界都在经历重大变革，美国在二战后树立了大国形象，积极影响其他国家，然而那个时代已经终结。政治变革是跳跃式的，压力就像火山一样，堆积之后就会彻底爆发。这正是英国脱欧的情形，那不是"黑天鹅"，而是火山爆发。事实上，当前火山爆发还没有完全结束。目前的阶段与一战、二战之间的阶段非常类似，全球政治经济都充满了不确定性，特朗普成为美国总统又进一步加剧了世界的不确定性。

问： 你觉得，现在这种反全球化浪潮出现的深层原因到底是什么？

答： 反全球化浪潮的出现是因为各国没有达成有效共识，所以本身是一件很危险的事。预测危机是很困难的，而且如果有人发现了危机并事先进行防范，你的预测也不会成真。进行预测的目的应当是界定问题并解决问题，而并非为了预测成真。

在实践中，很多时候人们希望能够有效解决问题，但可能最初的解决策略并未奏效，甚至让事情变得更糟糕。但如果你足够灵活机敏，你总能让自己离解决办法更近一步。不论是从公司角度还是个人角度，这一点都很少有人意识到。相较于尝试解决问题但失败，你更应当害怕什么都不做。

问："如果不能避免灾难，那么维持现状也是一种不错的选择。"这是你书中的一句话，这是否和你刚刚说的防患于未然、警惕早期风险的核心观点相矛盾？维持现状难道不是坐以待毙吗？

答：维持现状，是一种古老的选择，在无法把事情变得更好时，就坦然面对。听上去似乎和我刚刚说到的观点相矛盾，但我这种观点的核心是：在很多事例中我们要认清什么值得挽救，什么不值得。

我举一个柯达公司的例子，他们在20世纪90年代研发出了数码相机。他们公司内部却决定不量产数码相机，因为他们希望保住自己的主营业务——胶卷。对于公司内部的人来说，"灰犀牛"是失去主营业务，而真正的"灰犀牛"却是不能满足新兴市场的需求和适应科技进步的趋势。

有时候你需要决定在面对"灰犀牛"时可以舍弃什么，需要认清自己的能力能否在其他地方得到更好的应用。如果无论如何都要被犀牛踩过去，为什么不做出更好的选择呢？

中国的"灰犀牛"是什么?

问:有学者提到,在中国经济中有四头"灰犀牛":房地产、人民币汇率、金融坏账和资本外流。你认为这些真的是"灰犀牛"吗?中国真正要面对的"灰犀牛"是什么?

答:我认为这四个问题,确实都有可能成为"灰犀牛"。评估"灰犀牛"的标准是它们如何和另一个问题产生联系。这四个问题密切相关。

中国和其他很多国家一样,由于实行了扩张的货币政策而导致了房地产泡沫和货币币值不稳定。当前全球都面临这种情况。这表明了货币政策并非完美的政策,它常常会带来很多副作用。美国也是如此,但美国人并不关心这种副作用。如果流动性泡沫产生,人们就能对各种不稳定资产注入流动性。这在短期能够促进经济指标的上升,但在长期却会对那些沉迷其中的人造成巨大损伤,尤以小型投资者为甚。

有一件事情十分有趣。在撰写《灰犀牛》一书时,我十分关注对真正的犀牛的保护。中国经济学家提到了犀牛角价格的上涨成了一种投资泡沫,这些经济学家认为货币政策助长了犀牛角价格的上升,这进一步推动了犀牛盗猎。在过去的 5 年间犀牛角并非好的投资选择,所以我认为中国政府为降低经济运行风险所采取的举措一定程度上缓解了投资泡沫,犀牛角投资也算在其中,这对犀牛保护确实有些帮助。

我认为中国还有一个西方媒体常常提到的"灰犀牛",即低效率公司。这些公司生产的产品很少有人需要。效率问题与可持续问题联系密切。

问：在市场经济下，低效率公司会被自然淘汰，这似乎算不上一个需要担忧的问题？

答：是的。问题就是在中国现有的经济体制下，有些低效率公司不会被淘汰。这就需要政府的干预，将这些低效率公司的资产向高效率部门配置。

在能源问题上，中国政府已经为可持续能源提供了大量支持。中国在共享经济上成果斐然，这本身就是对资源的高效利用。

人工智能是实体经济的"灰犀牛"

问：你之前在上海的一次活动中曾讲到，人工智能对实体经济来说就是一只巨大的"灰犀牛"。但有的人却认为这样的说法夸大了人工智能的影响——人工智能远远没有我们想象中那么强大。

答：这要看我们从什么方面理解人工智能的影响了。对我来说是人力资本方面的问题，我们要关注的是人在哪些地方能比机器做得更好，能创造更多的价值。

在过去的几年间，人工智能取得了很大进步，我并不确定未来会发生什么。关于人工智能的争论非常复杂，有人认为机器会取代很多人的工作，就像工业革命夺走工匠们的工作一样。我认为很多正在接受教育的人，会眼睁睁看着他们的工作被机器夺走。但人工智能也为一些职业创造了新的机会，但这些职业都需要提前对人进行训练。尽管人工智能也会为人们创造新的工作，但人们对生活的改变依旧怀有抵触心理，所以增加人们的安全感，保证社会稳定，十分重要。同时还需要加大对人力资本的投入。经过训练以后，人们就能更得心应手地使用并监控人工智能的工作。

那些技能水平更高的人，常常工作很长时间。在中国和美国有些人一周工作 60~80 小时，他们鲜有时间陪伴家人。人工智能或许能帮助他们减少工作时间。

同时我们需要一个更好的市场机制和政策引导。有人认为政府能够解决所有问题，也有人认为不应当都交给政府，我认为两者应当结合起来。在美国对这一问题的争论更为多样化，但过多的争论也可能让我们错过解决问题的时机，无法为继续前行创造条件。

多元决策避开"灰犀牛"

问：你在书中提到了雷曼兄弟的破产。你也提到如果该公司变成"雷曼姐妹"公司，结果可能大不相同。那么在你心目中女性是否能比男性更好地避开"灰犀牛"呢？

答：这句话还有一个说法——如果是"雷曼兄弟姐妹"公司，公司可能就不会出现这么大的问题了。这不仅仅是性别问题，更是不同角色构成的决策团队和多元化决策过程的问题，也是面对危机和责任的不同态度的问题。

特雷斯·休斯顿发布的一份报告提到了男女在决策过程中的不同，女性在决策时能更好地评估风险，也能更好地评估自身表现。你可能在一份报告中看到过，如果团队中有更多的女性成员，团队的工作产出会更好。这项研究还有更广阔的应用前景。在斯堪的纳维亚半岛的城市中，公司试图增加更多的女性，他们认为一个团队中任何一个性别应至少占 40%。一个全是女性的董事会做出的决定和全是男性的董事会做的决定可能没有什么不同。所以问题的关键是多样性。多样化的团队能够带来不同的观点，从而平衡风险。如果一个决策团队中全是律师或者工程师，决策就不会特别有效。另一篇研究报告中提到，不同的人以不同的方式进行决策，每一个不同的决策方法都应当被了解，因为不同的决策方法之间可以实现一种平衡。众口一词对于决策是最危险的，如果整个决策团队的构成太过相似，每个人表述自己意见时只会赞同上一个人的意见而不会进行辩论。

问：那我这个问题，就更直接地指向性别问题。和你提出的"灰犀牛"相对的是"黑天鹅"。在我和《黑天鹅》一书的作者交流时，他认为男性的发展前景相较女性来说并不乐观。作为一位女性作者，你认为性别平等会是一头"灰犀牛"吗？

答：我认为真正的"灰犀牛"是社会和经济体能否正确对待女性的技能和观念所创造的价值。如果不能的话，人力资本中的很大一部分将会被浪费。我认为当前社会没有对养育子女的价值给予足够重视，很多女性都出去赚钱养家。而女性花在家庭上的时间却被看作是休息时间。越来越多的人认同多样性可以让我们更具生产力，经历的多样性十分重要。合理评估女性在养育小孩时进行的工作则对社会健康发展十分必要。

与此同时，男性在家中所做的工作同样应当得到重视和鼓励。研究显示，当父母双方都积极参与到家庭工作中的时候，家庭状况最为健康。还有研究显示，父亲参与教育越多，他的女儿在工作环境中表现也越好。所以性别平等的问题归根结底还是男性和女性两者关系的问题。像我刚刚提到的，在给男性更多时间陪伴家人这件事上，人工智能或许能够帮上忙。人工智能让人们的效率更高，从而能省出时间陪伴家人。

终极之问

问： 你是达沃斯的世界青年领袖。在 2017 年年初的达沃斯论坛上，有两个关键词：中国和区块链。这两个关键词被认为是改变人类社会的两个关键力量。你认为中国以及区块链所代表的高科技是否会让人类的未来变得更美好？

答： 区块链以及人工智能等新技术带来的最大风险是它对社会的影响，它会给高科技垄断性公司增加巨额的收入，当然也会加剧隐私和不平等问题。但从另外一个角度来看，人工智能和区块链技术也会给商业社会带来难以想象的收益。中国的角色问题，是一个更有意义的话题。全球经济严重依赖新的增长极，也就是中国。面对金融危机，中国把有前瞻性的财政刺激措施和货币供应量结合起来，这种有创意的、有别于西方国家应对金融危机的方式收获了奇效。

你的能力越大，责任也越大，中国的全球领导责任也在不断加重。除此之外，可以看到，在全球化和应对气候变化方面，中国正逐渐担当领导责任。

对话手记

　　在和渥克的交流中，让我印象最深的，便是她谈到的多元决策的问题。

　　提升公司的多元化，促进男女平等、种族平等，保障身体障碍人士就业，实现多元包容的就业环境——这样一些口号，乃老生常谈。而在很长一段时间里，我都是从"政治正确"的角度来理解它们的。女性、少数族裔、身体障碍人士、性少数群体——因为他们是弱势群体，因为他们很容易受到歧视排挤，所以从公平角度，要倡导多元包容，要帮助他们平等就业。

　　但渥克的观点，却给了我新的启发。多元包容不仅仅是因为"政治正确"，它能真正帮助我们做出对的决定。不同的身份，不同的视角，有着截然不同的思考与决策方式，多元化决策才可能更全面地看待问题、评估风险。而特权地位带来的单一、相似的视角，以及背后的盲目自信，忽视异见，往往就是一些决策者、领导人遇到"灰犀牛"却视而不见的原因。

这也让我理解了，关注债务危机、全球经济的渥克，为何如此关注公民权利、女性权利。这些议题背后的逻辑其实一以贯之。

然而，多元化的口号容易喊，要落到实处却阻力重重。无论是商业机构还是政府组织，多元参与的基本决策机制尤其重要。但掌握权力的人，却很难让渡出决策权，真正实现多元化的决策参与。接纳异见，也往往比我们想象中要困难。

改革总是痛苦的。渥克的研究、呼吁，也因此更为珍贵。面对这个世界不断飞出的"黑天鹅"和时时奔腾而来的"灰犀牛"，我们应直面问题，积极应对，多元决策。我们完全可以做得更好一些。

托马斯·J. 萨金特：

健身房里永葆青春的诺奖经济学家

"You never have any hunch." 2017 年 8 月，在北京金融街的健身房里，我第二次见到诺贝尔经济学奖得主托马斯·J.萨金特（Thomas Sargent）教授，我笑着跟他说了这句话。Hunch，有直觉和驼背的双关意味。前者是一个好经济学家必备的，后者指的是驼背。

　　74 岁的萨金特，尽管还在倒时差，但还是做了好几组深蹲和小腿肌肉群练习。深蹲被称作是最有益于延缓衰老的锻炼动作，看来在萨金特身上作用明显。和其他同龄人相比，萨金特一直腰板笔直，没有驼背；而我周围很多 40 岁左右的青年学者，就已经老态初现。

　　萨金特一秒钟就了解了我的意思，笑着回复我："If you keep doing this, you would get best outcome you deserved."（如果你坚持健身，就会得到最好的结果。）

　　我还记得第一次见到萨金特教授，也是在健身房。在河北野三坡中国经济论坛的酒店里，我正在跑步机上慢悠悠跑步，看到萨金特走进来。快速热身后，他开始用一对大概 8 千克的哑铃练习肩上推举，动作非常标准。这是一种非常高效的练习方式：短热身，小重量，高频率地练习肩和背两个肌群，既会缓解颈椎病，又能防止驼背。我好奇地和他交流起健身经验，比如如何减肥，然后又自然而然谈到运动和大脑的关系。"健身爱好者"的标签，迅速打破了我对传统经济学家严肃、古板的刻板印象——萨金特可是当今最为严谨、权威的宏观经济学家呀。

2011 年，萨金特获得诺贝尔经济学奖。和他一同获奖的，还有普林斯顿大学教授克里斯托弗·西姆斯。他们是理性预期学派的代表人物。理性预期理论是萨金特漫长的学术生涯中最为重要的成果。

20 世纪 70 年代初，人们第一次面对失业率和通胀同时上涨。而在当时颇为主流的凯恩斯学派的理论中，通胀和失业率应具有此消彼长的关系。于是，一个新词被创造了出来——滞胀。

萨金特和同事在罗伯特·卢卡斯的研究基础上，掀起一场"理性预期革命"，对滞胀做出了完美解释。与过去假设人们被动适应政策的模型不同，理性预期模型认为，经济当事人会根据政策环境的变化调整他们的预期以及相应的行为。基于理性预期的条件，政策制定者的任何措施都会被人们的理性预期抵消，从而成为无效的政策。比如，中央银行不可能通过增加货币供应量来降低失业率，因为人们已经理性预期到未来的高通胀率，从而采取了相应措施，如要求提高货币工资增长率和资本回报率。这种动态随机的宏观经济分析范式要求更加复杂的数学模型。萨金特的重要贡献之一，就在于发明了结构计量的方法并正确测度理性预期的变化，从而使得正确评价货币政策的效果成为可能。

这项研究的意义，正如诺奖委员会的评语所说："托马斯对于解释宏观经济学当中的数据有着非常重大的贡献，人们可以从他的研究中发现、学习到国家政策所带来的影响，以及其他因素像突然的价格变化以及产品供给突然发生变化所带来的影响。他带来的计量工具，在国家政策下，对于全世界的经济学研究都有非常重大的意义。"

"我一生的所有时间，几乎都在学校度过。"萨金特向我总结他的职业生涯。1964年他从加州大学伯克利分校毕业，1968年获得哈佛大学博士学位。他先后在宾夕法尼亚大学、明尼苏达大学、芝加哥大学、斯坦福大学等校任教职。据媒体报道，当萨金特得知自己获奖时，只说了句"我还没有备好课"，之后便匆匆登上了纽约开往普林斯顿的列车——那里的研究生们在等着上他的宏观经济学课程。"我喜欢与年轻的学生在一起，"萨金特告诉我，他非常喜欢一线的教学工作，"在年轻人身上可以看到当年的自己，我最宝贵的财富就是学生。"

10多年前，萨金特在纽约大学创办学生读书会，每周亲自审核学生上交的论文，并选定优秀作者参加周二下午的读书活动，这个活动一直持续至今。

萨金特对中国和中国学生也有着特别的情怀。"中国是一个神奇的国度。"萨金特教授说，这个国家为他带来许多非常出色的学生，他们展现了扎实的数学功底、浓厚的研究兴趣以及极强的创新精神，他们勤奋、谦虚且敏而好学。

在过往的演讲中，每当提起他的中国学生时，萨金特教授都饱含感情："中国学生的工作信仰和职业操守都是非常了不起的，他们时刻都充满了激情；我的很多中国学生非常成功，我能感受到他们的乐观情绪。"

2016年，萨金特支持成立了非营利机构 QuantEcon，致力于为经济学、计量经济学和决策制定等开发开源计算工具。2017年，作为深圳市在人文社科领域引进的首位诺贝尔经济学奖获得者，他召集多位青年经济学家，在深圳北大汇丰商学院组建了"萨金特数量经济与金融研究所"，聚焦宏观经济、国际经济、数量金融等领域，研究人工智能和大数据在经济与金融的分析预测中的作用。他还亲自参与博士研究生的培养工作，开设高级宏观经济学、计算机语言与数量经济学等跨学科课程。"物理学和经济学有同样的语言和计算机程序。我对此感兴趣的原因是语言、理论和数据之间有很亲密的关系。"萨金特在研究所成立仪式上说。他表示希望经济学能像物理学和化学那样更注重量化，并进一步阐述了研究所的蓝图，即通过运用大数据和数量方法进行实证研究。关于理性预期理论本身，关于现代宏观经济学面临的挑战，关于经济危机后全球经济政策的应然走向，我都期望从萨金特这里一一得到答案。

今天最重要的两件事

问：作为一名经济学家，除了健身之外，还做什么工作？

答：哈，我刚刚从健身房出来，健身是很重要的。当然，我的主业是经济学家，我认为，经济学也是一种工具，用于发现数据中的各种现象并对其进行解释，以区分相关性与因果关系。正如天体物理学一样，我们从某些经济过程中获得非实验数据，并希望了解这些经济过程。此外，我们也希望做一些物理学家不做的事情，比如考虑不同的博弈如何产生改进的结果。纳什将博弈定义为一系列参与者共同采取一系列行动，每个参与者基于其他参与者的行为选择行动策略，所有参与者遵循时间协议，即谁在何时何地做出选择。策略是决定你在不同情况下做什么的规则。

问： 好吧，今天的热点，除了健身，就是美国总统特朗普了。你认为特朗普的贸易政策会让我们的世界变得更糟糕吗？

答： 我认为这倒没有，事实上我们也不知道他的贸易政策是什么。我知道基本上他说了两个方面，比如，一是说他想降低关税，想要消除关税和贸易壁垒，这是他说的，我认为这将带来改观。如果他提高关税和贸易壁垒，这会让美国变得更糟糕。二是说一些国家已经开始相互降低摩擦，而美国，至少对其中 10 个国家持乐观态度。特朗普在海外多次提到有一天会做什么，而他做的其实是另一套，贸易商们也不知道他们到底应该做什么，应该怎么去做。

宏观经济学总在与时俱进

问： 与纯数学理论相比较，尤其在中国，一些学者和学生可能会强调经济直觉或常识，并认为直观的经济常识比复杂的数学模型更能解释经济现象，你认为应该如何看待这一评价？

答： 常识很难界定。用两种人来比喻：一种缺乏生活常识，但在学术上非常有才能，可以解决许多复杂的数学或物理问题；另一种有很多经济学常识，但在数学知识上很有局限性。常识和直觉更像是一种才能，难以理解，但可以被发现。经济学的美就在于它是假设的艺术，它可以对人类行为做出一般性的假设。经济学家的假设虽然是简化的，并且可能并不完全与现实一致，但伟大的经济学家往往有一些直觉可以捕捉到某种本质。

问： 2008 年全球金融危机后，现代宏观经济学受到了广泛的批评，而对宏观经济学的微观基础的追捧似乎占了上风。此前，经济学家保罗·罗默在《宏观经济学的麻烦》一文中质疑宏观经济学的合理性和有效性。您如何看待当前现代宏观经济学面临的各种指责？

答： 保罗·罗默是我的好朋友，但他已经很久没有做真正的经济学研究了。有一种说法："每个人都有权选择老去或优雅地老去。"幸运的是，我可以选择后者，因为我专注于经济研究，并且能在模型中找到乐趣。年轻人在宏观和微观经济学方面都有很大的优势，因为研究现代经济学需要计算机和数学技能。年轻的经济学家现在所做的远比我们从前更雄心勃勃。他们正以令人难以置信的方式推动数学和数据分析的发展。我的同龄人都害怕这一点，因为他们不能在这些方面做研究。多年来，保罗并没有致力于尖端的学术研究，他在阅读所有相关研究文献之前就开始质疑宏观经济学。我经常回忆起我们刚刚开始从事经济学研究时候的样子，在 20 世纪 70 年代，当理性预期理论脱颖而出时，我的理论被年长的经济学家们认为这是他们听过的最愚蠢的想法：怎么能把人类心理学纳入模型呢？这太傻了。此外，我认为宏观经济学和微观经济学之间的界限已经不再明显，没有必要将两者放在对立的位置上。在欧洲、美国和中国，解决宏观经济问题通常涉及结构改革。在改革期间，政府往往不得不引入微观政策，使劳动力市场和金融市场运行得更加顺利。

问：2008年全球金融危机后，理性预期假说也被攻击，有人说该理论的政策含义是错误的。一些人说现代宏观经济学运用了太多数学工具，并且错误地依赖于有效市场的这一假说。也有些人批评，经济学家总是相信自由竞争的市场是万能的，但其实"理性预期"是一种错误导向，因为人们并没有那么多的知识和预测能力。现代宏观经济学的支柱理论——"真实商业周期模型"——也是有缺陷的，在应对危机时毫无用处。有人提出宏观经济学应更少依赖于理论，而更多依赖于"行为经济学"。你怎么看这些观点？

答：除了关于使用太多数据工具的评论之外，你所列出的所有批评都反映了对现代宏观经济学内容及成就的无知或故意无视。现代宏观经济学使用数学和统计学来理解特定情况下的行为。一般来说，我们很难通过过去确定未来的情况。但经验法则是，建模的经济环境越动态、不确定性越高和越模糊，你就越需要卷起袖子，学习和使用一些数学方法。至于20世纪60年代的有效市场假说，请记住对汉森和辛格尔顿1983年发现的破坏性回应的论述，理性预期的资产定价理论无法解释美国数据的关键特征。有效市场理论的结果是理所当然的。现代宏观经济学的重要部分是关于理解一大堆有趣的资产定价难题，由汉森和辛格尔顿以及他们的追随者带来的关于简单版本的有效市场理论的经验失败就是这样的谜题。

对真实商业周期模型及新凯恩斯主义模型的批评也是错误的，这反映了人们对这些模型设计目的的误解。这些模型旨在描述正常时期的总体经济波动。市场可以有条不紊地将借款人和贷款人聚集在一起，但不是在金融危机和市场崩溃期间。该文献中的论文作者通常已经明确了模型的设计目标是什么。同样，它们并不是分析金融危机的理论。

问：2008年，看似过去了很久，但依然值得我们警醒，似乎那场金融危机让现代宏观经济学家措手不及？

答：说这场金融危机让现代所有宏观经济学家感到措手不及，这是错误的。研究人员系统地总结了美国和全球金融危机和货币危机的经验教训，并构建了金融危机成因和政府政策的动态模型，证据和模型得到了很好的总结和扩展。

"理性预期"仍指导经济政策

问：在增长乏力的情况下，许多国家将货币政策作为促进经济增长的主要工具，导致流动性泛滥。因此，一些学者认为我们应该更多地依赖财政政策和结构性改革。你如何评价这个观点？

答：我认为问题的关键在于货币政策的影响非常有限。如果你看一下当前的货币政策，它实际上只是将货币通过各种交易从一种形式转变为另一种形式。当然，就财政政策而言，不同国家面临的情况有所不同。美国的税收政策仍然有很大的回旋余地，但税收政策的主要目的是更有效地促进资本和储蓄的形成和积累，而且不会引发经济衰退。需要强调的一点是，许多人说我们应该用财政政策来刺激经济增长。国际货币基金组织通常建议政府应该增加支出并扩大财政赤字，一些国家长期以来一直存在巨额赤字，例如许多欧洲国家，但这最终导致了许多问题。因此，我认为关键是要推动结构性改革，例如欧洲、日本和美国劳动力市场的结构性改革。

问：人们对理性预期理论有一些批判，认为该理论过时并且不能解释现在的经济现象。对此你怎么回应？

答：对于理性预期理论的批评，我做出两点回应。首先，请注意理性预期仍然是宏观经济学家进行政策分析的主要假设。举一个很好的例子，在 2009 年，哥伦比亚大学的斯蒂格利茨和萨克斯撰写专栏文章，对奥巴马政府提议的私营部门购买有毒资产的 PPIP（公共与私人投资计划）进行了批评。斯蒂格利茨和萨克斯运用理性预期理论来计算对潜在买家的回报。研究表明，政府的提议代表了纳税人资金向有毒资产所有者的大量转移。其次，经济学家一直在努力改进理性预期理论，我们正在努力中。

创新将继续释放中国经济活力

问：作为理性预期理论的创始人，你曾用中国谚语"上有政策，下有对策"来形容这一理论。您认为政策制定与预期之间真正的因果关系是什么？

答：我认为政策制定和人们预期之间是相互影响的，这在任何博弈或社会关系中都是如此。理性预期理论或古老的中国谚语意味着，如果你有一个策略，那么我的策略应该基于你的策略。例如，如果我想创业，但政府对创业公司的营业额征收 10% 的税，那么我可能会放弃创业的想法。与之前采用被动适应政策的模型不同，理性预期模型认为经济各方将根据政策环境的变化调整其预期和相应的行为；预期也将对政策制定产生影响，聪明的政策制定者将根据这种互动制定相关政策。这种动态随机的宏观经济分析范式需要更复杂的数学模型。该模型将相关因素转化为变量，个体根据这些变量做出决策，并且需要理论来预测其行为的后果。在构建复杂模型时，整体模型通常嵌入在其他更具体的模型中，形成像俄罗斯套娃一样的模型嵌套系统。然而，理性预期理论有点像共产主义：在这个框架中，模型中的主体共享一个模型，该模型具有由总模型产生的相同概率分布，排除了不必要的系统差异。

问：你怎么看类似 P2P（互联网金融点对点借贷平台）、ICO（首次币发行）等金融创新与金融监管之间的关系？

答：我不清楚 P2P、ICO 的含义，但我认为问题的关键是金融衍生品必须有一个良好的风险分担机制。我们经常说需要保持一定的风险，然后分担这些风险。通过这种方式，整个社会都可以尝试新事物。风险的最终承担者是居民部门，因为企业部门也是由个人组成的。政府也可能承担一些风险，但如果政府继续向居民和企业征税，最终风险将传导给居民。因此，最重要的是确定谁可以承担风险。对于那些可以买卖金融衍生品的人来说，谁承担风险以及政府承担多大的风险，都需要有清晰的认识。这是个大问题。我们都知道，包括中国在内的金融创新正变得越来越频繁，因此解决方案不是限制创新。诸如正在发展的电子货币等金融创新不仅会显著改变当前的交易模式，还会带来更多的竞争。

问：是否可以对中国的政策以及中国经济前景进行展望？

答：中国政府的改革措施都很好，其所依照的经济学规律对世界都广泛适用。比如让市场在资源配置中起决定性作用，推动利率市场化改革，消除自然垄断外的所有垄断，促进竞争，等等。中国在创新方面还有很大的空间，利用制度创新来推动科技和企业创新，为企业创造更好的发展环境，将会推动中国加快经济转型，释放新的活力。

人工智能和经济学

问：如果人工智能在某种程度上代替了"理性人"的决策判断，这对我们的未来意味着什么？人工智能大数据是否正在改变所谓经济学的本质呢？

答：这其实并非一个新的话题，你可以上亚马逊找一下，我在20年前就写过两本关于人工智能和经济学的书。"人工智能代理"模型在很多行为特征上都和理性预期模型很相像。可以说，"人工智能代理"模型越接近理性预期模型，人工智能代理就越智能化。在我看来，人工智能细化和促进了理性预期模型。在这个领域已经有了一些研究，但目前为止对政策的影响仍然很小。

问：好的，那么人工智能是否也改变了很多经济学的传统理论？

答：人工智能和经济学的关系，我认为是一个持续的过程。因为大部分人工智能包括两个概念。第一是应用强大的计算机系统和大数据。应用统计学领域的一些老方法，我们已知的统计学就是从数据中得出推论的方法，大约有150年的历史，这个领域的发展已经取得了很大进步。但如果你拥有计算能力，你就可以做很多特别的事情，如今我们有了计算机就方便多了。第二，人工智能正在优化很多老的经济学理论，找到最合适的方法。也许有些理论已经存在了50多年、100多年或200多年，在理论层面，这些理论已经取得了很大的发展，但伴随着计算机技术的发展，我们可以更加充分地利用这些理论。我们在拥有大量数据的基础上，可以在不同方面尝试这些方法。计算能力真的很重要。比如，我自己的职业生涯，我都会先用计算机编算假设我在想要从事的职业4年的时间里会发生的状况。4年，虽然只有4年，但是4年里可能发生的变化太多了。我们有了计算机，而且计算机的价格越来越低，功能越来越强。

问：所以经济学的基础并没有改变？

答：对，经济学的基础并没有改变，当我们可以更有效地利用它，对于像我这样的一些人，结果真的让人兴奋。希望我还年轻，因为这种技术进步会一直持续。

问：您还年轻呢！与其他同龄人比起来，您就像30多岁，原因在于您经常锻炼健身吧。

答: 对，健身太重要了，当然生活的快乐也非常重要！你知道应用先进科技进行经济学研究就像玩电脑游戏，甚至比电脑游戏更有趣。我孙子和我想的一样，电脑游戏真的可以带你进入很多有趣的世界，这一点简直太棒了。

终极之问

问: 人工智能和新兴科技会使我们的世界变得更好吗？

答: 我们的世界会更好！计算机很强大，但在很多事情上，它们并不像我们人类那么聪明。它们只能做简单的事情，很多事情它们都做不了，比如飞行和潜水。你不能训练一台计算机去做很多复杂的事。很多的人工智能都是在研究让机器做它能做的事。人工智能会取代人类的部分工作，改变我们的生活。有少数工作会被取代，比如，我爸爸的工作就被取代了，但那是不太好的低端职业，我爸爸自己都不喜欢。他早早退休了，作为一个聪明的人，我爸爸很年轻就退休，太遗憾了！我的工作比他的要好多了，因为计算机能帮我更好地工作。我觉得人工智能是个工具，就像机器人也是个工具。我们必须在各种机器人技术上动动脑子。机器人正在为工程师和年轻人创造各种各样的工作，特别是在像中国这样的地方，那里有很多数学和科学方面的培训，这将创造更多的就业机会。这种现象已经持续了很长的时间。

对话手记

在和萨金特交流的过程中我一直在想一个问题：我们距离算法统治的那个世界究竟还有多远？

我们其实已经开始习惯由算法主导我们的一些简单决策。例如我们每天会接触到什么样的信息——从新闻、广告、音乐到朋友动态，越来越由算法决定；例如通过安装搜集学生情绪数据的监视器，老师们期望智能地分析改善自己的教学；例如金融领域对客户信用的打分评级，决定某一个具体的贷款是否发放；例如律师根据法庭既往数据测算某一类型案件的胜负概率，来评估是否应该进行风险代理；甚至在公司管理领域，已经有企业尝试引入人工智能系统，基于算法和大数据，做出招聘、投资、并购等决定。

下一步，算法会主导宏观经济政策的制定吗？像萨金特这样令人敬仰的计量经济学家，终其一生研究宏观经济生活中各种变量之间的关系，构建尽可能精确的计量模型，不断提高政策理性程度。当他们的模型不断迭代升级，越来越接近真实世界的变量互动方式；当数据信息的搜集日趋全面、完善；当绝对理性、不被利益和情感所左右的人工智能更深入地介入宏观政策的制定中，我们会有更加智慧、理性的宏观经济政策吗？

　　当然，正如萨金特的回答，人工智能目前对政策的影响其实还很小。但不难想象在可预期的未来，当算法、人工智能更多地，甚至决定性地参与到宏观经济政策中，计量经济学家肩上的责任将更沉重。萨金特的研究，或许不仅仅是对全世界的经济学研究有重大意义，更会彻底改变我们的社会吧。其实，与其仰望和警惕新技术，不如像萨金特一样，身体、大脑和心一直在路上，永远年轻，永远好奇才是最好的！

09

乔·韦曼：
从云经济学之父到新零售教父

"没有人会不喜欢他吧。"

2014年，我第一次听到"云经济学之父"乔·韦曼的演讲，脑子里就深深嵌下了这一印象。韦曼身高在190厘米左右，一副运动健将的身材，好莱坞明星乔治·克鲁尼的长相。他一身意大利高级定制西装，但不系领带；架一副黑框眼镜，显得年轻而亲切。语调热情饱满，讲话时身体微微前倾，诚挚的目光得体地扫向大厅的每一个角落，似乎是在和你进行一场恳切的一对一交谈。他知道在哪里该抛出问题，哪里应有停顿来等待听众思考，哪里又该抖出出人意料的包袱。对现场的掌控可称完美，轻而易举地俘获在场所有人的注意力。

韦曼一年要在全球进行三四十场大型演讲。"我现在就像一个传教士，不停地为人们讲解云经济和数字化。"这些"传教"背后，是韦曼对云经济系统而通透的思考。

现如今，"云经济学"已不是一个新鲜的概念。人们在日常生活、工作中越来越多地提到云经济的概念，无论是最高领导人的报告中还是政府、企业的发展战略规划中，都常有提及。

所谓"云"，即是由分布式计算机，而非本地计算机或远程服务器来提供数据的储存和处理。2012 年，韦曼在《云经济学：企业云计算战略与布局》一书中提出"云经济学"（Cloudonomics）这一概念。按韦曼的说法，所谓"云经济学"，是"一种融合了统计、计算复杂性、系统动态学、微积分、经济学和行为经济学的用于衡量云的价值的严密而跨学科的方法"。

他从商业、经济、金融的角度研究云计算，帮助读者理解"云"这一概念如何创造新的价值，如何将人类社会带入新的纪元。在韦曼的观察中，云计算不仅在微观的商业环境中改变了人们对科技产品的使用方式——现场硬件逐步退出舞台，这将促使云技术成为一个企业、行业乃至国家的基础设施建设；与此同时，云计算更促成了数据产业的蓬勃发展。然而，数据安全等问题也随之而来。《云经济学》在 2014 年被引入中国，成为中文世界里第一本系统解释云经济的专著。政府管理者、企业家、IT 从业者，无一不关注、追捧。

随后在 2015 年，韦曼的新书《新动能，新法则》一经发布，立马成为亚马逊科技类排名第一的畅销书。在这本书中，韦曼详细介绍了利用先进的信息技术创造客户价值的五大战略——云计算、大数据、移动互联网、社交媒体和物联网；在五大战略的背景下，他又提出了信息优势、方案领袖、亲密联盟、加速创新这四条互联网法则，指引企业利用新法则获得发展新动能。

韦曼在云经济领域开拓性的建树与权威地位，毫无疑问地建立在他多年的业界积累之上。韦曼的职业经历可谓是商业精英的典范。他先后任职于贝尔实验室、AT&T、惠普和 Telx 公司的研发、公司战略、运营、工程技术以及市场营销和销售部门。让我最感意外的是，韦曼还获得过 22 项专利。他的专利发明，涉猎互联网前沿领域，从云计算、云储存，到网络搜索算法、同态加密。

科技思想家和专利发明者的跨界身份，是非常少见的。一线的技术研发与前沿的管理实战，为韦曼赢得了业界权威地位。他是多个行业委员会的发起人或董事，是 IT 领域屈指可数的意见领袖。他的文章见于各大媒体，如《纽约时报》《彭博商业周刊》《福布斯》《连线》《CIO》杂志以及各类学术刊物和会议论文集，他也经常热心接受美国主流媒体的采访。在亚洲、美国、欧洲的电视台上，你都经常能看到他做客点评最新科技发展趋势，解读 IT 界热门事件。

AT&T 前任 CEO 评价乔·韦曼："也许是最有资格预测互联网时代未来走向的人。"

在韦曼的本土团队——他山石智库的安排下，从 2013 年开始，韦曼每年至少会来一次中国，参加全球云计算大会，在科技领域的各个重要活动上发表主旨演讲。他对中国互联网企业的发展充满兴趣，甚至对几家巨头和他们的主打产品都了如指掌。

"没有人会忽略中国，也没有人会忽略中国的互联网发展，"韦曼向我解释这几年他越来越多次来到中国的原因，"这里有太多有趣的事情在发生，我可不想错过。"

韦曼做过一个非常生动的比喻。在他眼中，中国的云市场，就像一个动物世界。"你无法简单断言谁更强大。如果环境不好，高大的长颈鹿找不到足够的食物，弱小的老鼠就可以生存下来；如果遇到了洪水，只有鱼能生存得更好；但若是干旱，鱼会灭绝，骆驼反而更容易存活。"他若有所思地总结道：在中国，对这些新兴发展的互联网企业而言，外部的环境将至关重要。

在云端时代，中国将面临什么样的挑战和革新？我已经迫不及待地希望听到他的见解。

云——重要的战略资源

问：有一种观点，认为信息技术发展至今已经成为一种普适性的、普通的产品，不再具有战略价值。你认可这种看法吗？

答：我认为，这一观点忽视了全球经济正在经历的这场数字化云革命。在这一过程中，通过打破现行的运行进程，每个公司都在积累巨大的财富，同时也为客户创造大量收益。对这些公司所在的国家来说，也能够从中得益。这方面的例子有优步（Uber）和滴滴打车，它们都打破了传统的出租车行业。今天，信息技术是非常强大的。以移动设备上的 GPS 信息为基础，几行代码就可以实现乘客与司机的匹配，而这就足以完全瓦解一个有着百年历史的传统行业。这一瓦解的过程，就是基于各种信息技术所带来的新的特征和优势。这些优势包括便捷性和可见性的提升、可预估的费用、自动支付车费，以及能与其他人拼车。

这个世界在经历一场巨大的变革。但是就像鱼儿在海里，当你身处其中时，就很难认识到这一转变的程度。以 Blockbuster 和 Netflix 为例：Blockbuster 从事的是录像带和 DVD 租赁业务，它在店

面分布、片源、品牌、融资和客户关系方面都具有优势；而 Netflix
的优势是信息技术，可以在网上订购、评分、评论和推荐，这些都
与一套全新的定价方式结合起来。最终 Blockbuster 破产了。还有一
个例子是 Borders。它在店面分布、发行关系、品牌和客户基础方面
也很出色，但它也出局了，成为亚马逊公司的牺牲品，因为后者能
以更具创新性的方式来运用信息技术。

问:我们可以得出一个结论，在这个时代，信息技术仍然是比
什么都重要的战略资源吗?

答:我觉得也不尽然。事实是，市场竞争是很复杂的，消费者
的选择有理性的，也有非理性的。他们会按照习惯行事，但也会追
求新鲜。要获得竞争优势，可以有很多种方式，而不仅仅是技术，
更不仅仅是信息技术。

即便如此，当遭遇以信息技术为基础的创新时，很难有一个行
业能免受冲击。在卫生健康行业，识别系统和图像处理被用以辅助
诊断；大数据和基因分析，还有基因表达和人类微生物群的相关数据，
被用以提供更好的也更具针对性的临床治疗。在农业方面，拖拉机、
联合收割机和运输车被联网到云端，这样就可以避免收割进程中的
彼此重叠，在谷物运输上也能实现协调。还有在采矿业，可实现远
程操作。在航空业，则对飞机的到达时间和引擎的效率实现优化。
这样的例子在每个行业都有。

简而言之，无论你身处哪个行业，都最好想想如何实现自身的
转变。否则的话，就等着别人来转变和淘汰你了。

云端和地面的行业战争

问： 你刚才举的好几个案例，都来自所谓的"传统行业"。在你看来，有没有一些规律或者原则，能让传统行业更有效地利用数字技术以增强其竞争优势呢？

答： 我对此提出过四种主要的基本策略，这一观点是从一个名叫"价值信条"的策略模型中演化出来的。该模型的分析对象是如何实现卓越经营，而我则将之扩展到信息维度的卓越性。该模型描绘了产品的领导力问题，这又拓展成为我所提出的解决方案的领导力。该模型还讨论了客户亲密度的问题，这又总能和我所提出的团体亲密度这一概念相联系。最后，我认为不断加速的创新也是非常重要的，并足以成为一项单独的策略。

问： 这四种策略究竟是怎么发挥作用的？

答： 简单来说，信息卓越是指这样一种竞争战略，即用信息技术来改进工作流程和资源利用。对于传统的卓越运营来说，可以通过一次性的设计来实现，比如说对生产设施和服务提供的流程进行一次性的改进。但就今日而言，这一过程会要求在各种数据的基础上，进行实时优化。产品卓越性的要求涉及产品质量、产品的创新性。比如说一块带有精准性能的金质腕表。而在这个时代，解决方案的卓越性的要求则包括智能、数字化以及产品和服务的连接。后者是指连接到云端，以及连接到一个协作化的生态系统。

这方面的典型例子是智能手机或平板电脑，它们可以连接到一个应用商店，里面有几百万个应用程序。

还有些例子还不怎么被人注意到。比如说联网化的心脏起搏器，以及哮喘呼吸训练师，它们可以将病患与家人、医生联系在一起。还有飞机引擎也可以联网，这样就把飞机、航空公司、引擎和飞机制造厂商也联系在一起了。智能、数字化、联网的产品和服务方案有很多好处。比如说，供应商会因此不仅专注于销售，还会关心客户体验，会关心转变和结果。产品和服务也能实现无限的扩展，网络效应和胜者通吃的方式也会确保用户黏性。

团体亲密度是从客户亲密度概念中发展出来的，是从现实世界向虚拟世界的发展，也是从人际协同向算法协同的发展。传统的客户亲密度的典型代表有裁缝、肉贩、理发师和私人医生。他们了解你的个人偏好，并将此体现在各自的服务中。现在，这样的关系也越来越能够在线上实现。不仅如此，现在还可以超越个体层面，依靠算法来实现服务的个性化。当阿里巴巴对顾客进行推荐时，是基于用户之前的购买行为，以及他收藏的购买意愿清单。同样，梅奥诊所（世界著名私立非营利性医疗机构）所建议的治疗方案也是个性化的，其依据是海量的基因和医疗信息的储存库。也许听上去有些矛盾，但实际上，对于每个特定的链接而言，其质量并没有因为其他新链接而被削弱。相反，从其他链接中获得的新数据，以及由此形成的真知灼见，反而有助于这一链接本身。

最后，加速创新是我发明的一个新术语。它是指一种新的基于云端的创新活动。其典型形式包括了创新网络、众包、众筹、观念、市场、竞赛以及挑战等。中国网民数量过亿，其中的任何一个人，都可能想出一个绝妙的创意。力争让每个人成为潜在的创新者或企业家，其收益将会是巨大的，也是颇具震撼性的。这样的创新者可不仅仅是指大学教授，而可能是每一个普通人。

举个例子，在生物学领域，有一种梅森—菲舍猴病毒逆转录蛋白酶，它会导致猴子得类似于艾滋病一样的病症。但是其三维结构非常难以确定，科学家们尝试了 15 年都没有成功。后来，研究者发明了一种名叫 Foldit 的在线游戏，玩家可以通过玩游戏的方式，来确定该病毒的蛋白质结构。结果不到三个星期，就有一个人成功了，而且是一个没有专业生物学背景的玩家。

就像在这个例子中，可以把一个超级复杂的问题或因素，开放给成百万甚至是几十亿的人去解决，这一做法代表着新一代的创新。这种创新将不仅局限在大公司和政府的实验室中，甚至都不是基于固定的协作关系，而是一种专门的、实时态的创新，它通过云端来发布问题、链接数据并且找到潜在的回应者。此外，在经济支付方面，这种创新运用的是竞赛的方式，即不是人人都有回报，而仅有那些成功解决问题的胜利者才能获得酬劳。

问：身在中国，我能切身感到数字技术对电子商务的冲击。除此之外，数字化还会对哪些领域带来深刻且广泛的影响？

答：就数字技术所形成的总体影响力而言，电子商务仅仅是其中的一小部分。数字化对服务领域的影响是非常广泛的。比如说，医学诊断设备、图像软件等与药品和起搏器联网，就可以对病人进行连续性的观察。这样，就有了安全系数更高、成本更低，同时效果更好的医疗服务。还有一个例子，通过更好的算法，可以实现对货车运输路线的改善，或者实现对铁路网和列车的绩效优化。这样，不仅能降低成本和损耗，同时还能减少污染。在生产领域，价值是凝聚在产品中的。比如说，记录轨迹的运动鞋、录下祝福的生日卡等，这些迟早还会与视频结合起来。还有就是具有学习功能的恒温控制器。总的来说，数字技术提高了生活品质，改善了环境，也为个人创造了财富，提升了生产力。数字技术还在各个方面提升了国家的竞争力，也有助于经济增长。

从云经济学到新零售战略

问：2016 年 11 月，中国国务院曾发布过一份《关于推动实体零售创新转型的意见》。这份文件的出台，代表着国家对电商和实体的同等重视，也把新零售推到一个新的高度。你对此怎么看呢？

答：新零售主要是指在零售服务的过程中应用多种信息技术。如果传统零售的关键词包括时尚、产品线、推广和商店布局，那么新零售就是关于最大化利润、盈利能力、最优化顾客体验和顾客忠诚度的技术。实现这一切的手段就是针对顾客需求矩阵最大化，实现顾客在购物时的利益，也就是通过像推荐引擎等信息技术使顾客的价值与体验最大化。

对此，我提出了新零售的 5e 理论，即"经济性"（economy）、"卓越性"（excellence）、"体验"（experiences）、"准确度"（exactitude）、"自我"（ego）。

顾客在某些时候看中"经济性"。买纸夹子的时候，"经济性"意味着低成本；但是说到大学教育的时候，"经济性"意味着一纸文凭能够带来的最高的一生收入。顾客的其他标准还包括"卓越性"，比如在购买保命的医疗服务的时候。还有的顾客看中"体验"，购物之于他们不仅仅是获取商品和服务的过程，而是一种娱乐的过程。一部分顾客看中"准确度"，约定了两天到达的东西就必须不多不少刚好两天到达。还有一部分顾客看中的是"自我"，这个自我促使他们购买蔻驰的包和兰博基尼车。另外一部分顾客看中的是"效率"，在线上购物花费的精力最少，或者相反的，在实体店购物拿到东西最快。

这之中最核心的思路是：顾客需要分类。对卖家来说，从来没有均码这个选项，每一个顾客都是独立的一部分。

新零售在顾客消费的所有步骤中都有更多的信息可以用，物联网的应用让零售商不仅可以收集到消费者的线上浏览数据，还能监测到用户的实际使用数据。

问：怎样才能最好地推行新零售战略呢？

答：新零售战略的要旨有四：第一，消费者购物体验与流程的数字化；第二，将线上与线下、数字与实体融合，即全渠道化；第三，针对消费者和产品信息的平台化；第四，将购物转变为体验的娱乐化。

新零售就是公司在保证顾客忠诚度和满意度的前提下，获得竞争优势，以达到利润、市场份额和盈利能力的增长。实现这个目的的手段是最新一代的信息技术，包括云技术、大数据分析、社交、移动技术、物联网、人工智能、虚拟现实、3D打印和无人机等。我在新书《新动能，新法则》之中详细介绍了这些主题，新零售领域的先锋亚马逊、巴宝莉、Netflix 等案例皆有论述。想要真正理解新零售，我们需要从五个方面入手，即消费者、零售商、两者之间的关系、实体运营和信息。

问： 在中国，传统经济领域似乎正步入衰败，而基于云端的新经济正处于繁荣期。比如说，人们不再去商场购物，而愿意在阿里巴巴上网购。那么这必然是零和博弈的关系吗？是否意味着未来的商业都要走向线上？

答： 我并不认为这是零和博弈的关系。在《新动能，新法则》中，我研究了巴宝莉这家企业。这是一家实现"数字和实体融合"的典范企业。这是指在零售业方面，实现了在线和实体店的无缝对接。即便现在视频分辨率大有进步，还有 360 度的产品演示，以及消费者点评，但这些仍然不能取代现场的触觉和体验，以及购买之前的现场验货。

线上和线下都不是天然存在优势的零售渠道。线上就意味着几乎无限的选择和从任何地方购物的能力，线下意味着真正体验产品的能力。客户不是与"线上"或"线下"做生意，他们与品牌和中间商做生意。每个渠道都有优势。目前看来，最成功的零售商是那些能利用好线上、线下两个渠道的好处，并且实现无缝衔接的公司。

不要认为数字经济就是取代传统经济，而应该将之视为一种补充，一种强化，一种有助于消除销售障碍的方式。我可以在线搜索一样产品，看在线点评，再到店里去试试，然后发现我需要的尺码已经脱销了，就在线订购一件，货物直接配送到我家里去。

如此的灵活性将会增加我对该产品的认识，也会增强我购买它的可能性。这样会促进购买，因此也会同时促进消费者以及生产者双方的利益。这样一种促进经济交易的方式，就会导致经济增长。

永恒的创新

问：你在《云经济学》第二章中，提出了一个"生产率悖论"的观点。这是一个很有趣的观点。但是，你是否觉得，不断增长的生产率也存在一个边界和瓶颈？

答：这一章讨论一个令人意外的困境。这个困境发生于信息时代的早期，其内容是关于测量信息技术的影响力。诺贝尔奖得主罗伯特·索洛有句名言，他在 1987 年曾说："在这个时代，计算机的影响无处不在，却唯独不体现在生产率的统计数据中。"幸运的是，对于我们这些相信数字化转型的人来说，后来的研究已经表明，信息技术方面的投资与财务回报之间存在统计学意义上的有效关联。有趣的是，这一回报不主要体现在成本端，却主要体现在收益端。实际上，就投资回报而言，信息技术投资的表现要远优于研发与营销。

我们很难知晓，为何生产率会有一个边界。究竟在什么时候，我们会说，我们已经到达极限，不会再有更多创新，也不会再有新的观点和新的改进。相反，好像总是有越来越多的创新机会。

在财富创造方面，最好的例子就是扎克伯格和他的脸书。当他在宿舍里用笔记本时，就有了这个创意。如果全世界的 70 亿人都联网，每个人都会提出自己的新创意。他们当中的某个人就可能发明下一个脸书，并且提出下一个价值亿万的商业规划。

问：在你刚才的解释里，出现了很多新概念：云计算、大数据分析、社交、移动以及物联网。技术总是随时间推移而更新，有没有亘古不变的科技规律存在？

答：确实，这些都是我在新书中积极倡导的概念。但这些都仅仅是表层事物，其背后才是当今时代五个大类的数字化战略。它们分别是运行、数据、网络、人以及物。所有事物都可以被归到这五大战略中来。

中国应该做什么？

问：无论是云计算还是新零售，数字化技术对于中国经济乃至全球经济的意义是什么？

答：研究表明，数字化技术在各国经济和全球经济中的份额正在扩大，这一点也许并不让人意外。但是，对这些分析也需要加以检视。最近，麦肯锡咨询出了一份报告，里面清楚地阐述了各国GDP增长和全球贸易以及其数字经济发展程度之间的关系。这份报告还特别提到，跨境流动的产品、服务、资金、人员和信息都与经济增长密不可分。当然，这一观点并不让人意外。毕竟，大卫·李嘉图早在200年前就提出了关于"比较优势"的观点。基于此，其逻辑是很清楚的：国际贸易有利于促进生产率，而生产率增长又会推动经济产出。还有一点，麦肯锡的报告还表明，国际贸易份额大的国家，其GDP增长率比其他国要高40%。

此外，基于知识和信息的跨境流动，其增长率要快于资本和劳动力的流动。这意味着，虽然资本密集型的制造和服务业能够带来经济增长，劳动密集型的产业也是如此。但是，跨境流动增长最快的四个领域依次是外国直接投资、高科技产业即研发密集型的产业、商业通信以及知识密集型的服务业。有趣的是，麦肯锡还发现，按照"流动强度"来测算，中国排在全球第二位。这一概念是指跨境流动和经济总量的比值。因此，中国是全球第二大经济体，同时也具有全球第二高的跨境流动率。中国的流动强度值是 62%，而排在第一名的是德国。

问：中国作为新兴经济体，应该如何增强数字竞争力？

答：我认为以下五点是必不可少的。

第一，对于数字化在当前以及未来所扮演的越来越关键的角色，要有一个清楚的认识，并且要据此积极构建本国政策议程。

第二，要支持必要的基础设施建设。中国在投资基础设施方面的工作非常出色。但是正如麦肯锡研究报告所指出的，资本或者劳动力密集型部门并非经济增长的重点领域。相反，重点在于知识密集型的部门，也就是数字经济领域。因此，所谓的"基础设施"投资就应该不仅仅包括机场、铁路、高速公路、桥梁和隧道，或者工厂和码头，还应包括数字经济领域的基础设施。这其中包括高速宽带网、新兴的 5G 移动电话网、移动网络服务设施以及数据中心等。

在数字化的世界里，虚拟领域的基础设施与实体领域内的一样重要。因此，这就不光有实体化的数据中心、电网和数据传输网络，还有云计算和软件定义网络，以及物联网的设施、平台和服务等。

对于今天和未来的企业家而言，无论他们是在初创企业还是在大公司，他们都要依赖以上这些东西来施展其魔力。阿里巴巴、百度和腾讯在云计算基础设施和相关服务领域投入了数十亿人民币。对于政府来说，一边支持与云相关的创新，一边也将大量的工作移到云端。如果没有这些基础设施，很难想象一个国家能在资本密集型领域成长为一个全球性的经济强国。同样，如果缺乏"信息工厂"将原始数据加工成信息，没有数据网络传送信息，并将之链接到全球市场中，一个国家很难在数字经济领域成长为一个全球性的经济强国。

第三是技术、培训和教育。如果没有使用者，基础设施就没有价值。高速公路要有司机，机场要有飞行员，铁路则要有工程师，同样，数字基础设施也需要软件开发者，系统和企业应有设计者。还有许多相关的技术岗位，比如数据科学家、程序员社区经理以及用户体验设计人员。

第四是适宜的环境。虽然可能听上去有些矛盾，但环境的确要既有利于竞争，又有利于合作。最好的创新通常来自团队成员间的合作，或者源于多元化的生态系统，其中的参与者有着不同的激励、技术和行为方式。此外，也需要一个优胜劣汰的环境。

第五，数字化创新的速度可能会受制于各种源于文化、法律、监管、关税或非关税以及其他方面的政策壁垒。我觉得，硅谷成功的一个关键就是它对风险的容忍度较大。失败并不会被视作一场灾难，而仅仅是通向成功的一个步骤。当然，人人都更喜欢成功而不是失败。

终极之问

问： 人工智能、大数据和区块链——许多先进技术将我们带入一个新时代，但也有很多挑战，您认为我们的世界将是一个更美好的世界吗？

答： 这不是一个可以用一句话来回答的问题，也不是一个可以用"是"或者"不是"来回答的问题，但我想，技术本身不一定是好的或坏的，技术只是一种不同的方式，让我们有可能更好地处理事情。任何有意义的技术都会推动改变，这可以创造利益，也可能导致问题。人工智能有可能更好地诊断和治疗疾病，但也有可能以突发的、意想不到的方式给人类带来伤害；大数据有可能创造新的科学理论并深入了解客户，也有通过微妙的相关性来侵犯隐私的能力；区块链有可能创造新的信任手段和监管链，但也可能成为勒索软件的支付机制。简而言之，重要的不仅仅是技术，还有它与人类需求、全球挑战和科学问题的关系；同时也受到人类弱点、反社会行为和无法解决的困境的影响。

　　在与韦曼的交流中，让我最有感触的，是他对中国数字化进程的洞察。

　　最近几年中国互联网行业的崛起和发展，全世界都有目共睹。我们不仅有了极其便捷的移动支付、灵活而强大的电子商务、渗透生活方方面面的共享经济，也开始攻坚前沿技术应用。阿里的云服务，在国内外逐步打开市场，智能交通系统也开始落地应用；大疆的民用无人机击败了美国本土竞争对手，成为全球无人机领军者……

　　然而我们距离韦曼口中的"云端时代"，距离数字化的最前沿，究竟还有多远？

　　在韦曼对中国的五大建议中，我们会发现，关于"硬件"的建设总是最容易的。中国地方政府对数字化建设充满热情。打造

"智能产业基地""大数据综合试验区""人工智能应用示范区"……这一系列政府主导的产业园区搭建，显示了政府对数字经济领域基础设施建设的高度支持。

但"软件"的建设，却难以简单复制。有利于创新人才培养的教育体系，鼓励竞争与合作的产业环境、文化环境，以及与时俱进的政策管理，都难以通过简单的政府投资来实现，而需要更为开放、自由、包容的政策，并尽可能减少限制与壁垒。

毫无疑问，无论是中国社会还是政府，都已经意识到数字化的重要战略意义。数字化也在切实改变我们的生活方式、商业模式，乃至公共服务的供应方式。这些改变，也必然会影响到我们的教育模式，激发更加鼓励创新的文化、产业环境，最终也与政府的政策管理形成良性互动。

这一进程将有多快？期待下一次韦曼的中国行，期待他再与我分享他眼中的数字化的"中国模式"。

1回

彼得·蒂尔:
审视科技、商业、未来的哲学

"我认为你所说的离经叛道，更多的是我对自身的一种清醒认识。"

2015 年 6 月，当我第一次见到彼得·蒂尔时，我脑子里一直浮现的是他的这句话。然而——不得不坦诚地说，他离我想象中"离经叛道"的形象，实在相差太远。

彼得·蒂尔穿着黑色商务西装，头发打理得一丝不苟。如果没有人事前介绍，你只会觉得这是一个来北京参加商务洽谈的普通美国人。

我想起一个广为流传的说法——他从不投资穿着正装的创业者，因为他觉得隆重的穿着往往暗示着来访者的曲意逢迎。很多人将扎克伯格获得彼得·蒂尔投资的故事朝这个方向演绎，认为正是扎克伯格的 T 恤获得了蒂尔的青睐。

于是对他一本正经的穿着的打趣，成了我们交流的开场。

他有些自嘲地向我解释："因为我现在的身份不是投资人啊，

我是个销售员，来向你们卖我的新书。我现在难道不是一个销售员典型的穿着吗？"

蒂尔来卖的，就是他那本赫赫有名的经典之作：《从 0 到 1》。

自 2015 年被中信出版社引进中国出版后，这本书几乎成为中国创业者人手一本的创业"圣经"。事实上，这本书也确实是蒂尔这位硅谷教父多年在创业、投资领域一手经验的心血之作。

今年 51 岁的彼得·蒂尔，出生在德国法兰克福一个福音派家庭。在 10 岁正式定居美国、成为名副其实的"硅一代"之前，蒂尔跟随身为化学工程师的父亲在南非和纳米比亚度过了自己的童年。而年幼时的蒂尔，已经在数学方面展现出过人天分，也屡屡在国际象棋比赛中获奖。他随后的成长路径，完全就是那些有着卓越智商和良好家教的美国精英的典型。他在斯坦福大学攻读哲学，随后在斯坦福法学院获得法学博士学位。在正式投身商界前，他曾在律师事务所和法院短暂工作。但这段在法律界拼搏的经历，并不像外人想象的那般光鲜，反而充满挫败。这也让蒂尔开始反思，在主流认可的精英路径上奋力拼杀竞争，能否真的获得自己想要的生活和所谓的成功。

在新兴领域创业并取得垄断地位，回避在"红海"领域的高度竞争——这几乎成了蒂尔后来在商业领域生存的信条。而他也正是这样做的。离开法律界，在衍生品市场和投资领域小试牛刀后，1998 年，蒂尔跟合伙人创立了电子支付公司 Confinity——而在那时，大多数人并未意识到电子货币的巨大价值。1999 年，公司发布 PayPal，这套基于美国银行系统的电子转账服务让蒂尔一举成名。

2002 年，PayPal 被 eBay 收购后，蒂尔拿着套现的第一桶金，成立克莱瑞姆资本管理公司（Clarium Capital），杀入对冲基金领域。目前，该公司管理总值超过 50 亿美元的资产。随后在 2003 年，蒂尔又成立了一家大数据分析公司（Palantir Technologies），服务于国防安全与全球金融领域的数据分析。

与此同时，他还做出了另一个奠定他硅谷传奇地位的决定——以 50 万美元获得脸书 10.2% 的股份，成为脸书的首笔外部投资。以投资脸书为标杆，蒂尔投资的重心，转向小规模、初创型的科技创新公司。2005 年，他联合创办创始人基金（Founders Fund），先后向包括 LinkedIn、Yammer、Asana、Quora 在内的多家创新公司注入资金。蒂尔因此有了"硅谷天使"之名。又因为创始人基金投资的多家公司由贝宝（PayPal）的同事负责营运，这些人在硅谷也有"PayPal 黑帮"之称。

创业与投资领域的巨大成功，并不能满足蒂尔。他很快在慈善界与政界也成了标杆人物。他成立蒂尔基金会，一方面设立奖学金，支持那些有着创新想法的年轻人创业，另一方面也直接向人工智能、对抗衰老等前沿研究领域投入资金。

作为一个保守主义者，蒂尔始终信奉自由市场，反对高税收、高负债，一直旗帜鲜明地反对民主党的执政理念。在自由主义者扎堆的硅谷，蒂尔却在 2016 年的大选中力挺特朗普，甚至成为特朗普在旧金山的竞选代表。

到了 2018 年 3 月，蒂尔干脆宣布离开硅谷。他对湾区的"左"倾思想越来越不满。在他看来，硅谷精英们对科技和未来过分乐观，忽视了政府的孱弱无能。而对特朗普的支持，也让他与诸多自由派的硅谷大佬分道扬镳。

不过，这并未撼动蒂尔在硅谷教父式的传奇地位。

因为在创业、投资领域的巨大成功，蒂尔还受邀在斯坦福大学开设创业课程。这位"离经叛道"的导师，在课堂上鼓励学生辍学、勇于创业而非盲目追求所谓的精英学位。而《从 0 到 1》这本书，便是蒂尔的学生——布莱克·马斯特斯整理的课堂笔记。

2012 年，布莱克·马斯特斯在选修了蒂尔的课程后，备受启发，将精心整理的课堂笔记发布上网，获得 240 万的点击。于是蒂尔参与到对这份课堂笔记的修订精编中，与他的学生一起将其出版成册。

马斯特斯这位蒂尔的得意门生，现在则是蒂尔资本（Thiel Capital）的 CEO，并担任着蒂尔基金会的主席。

在《从 0 到 1》这本书中，蒂尔向创业者们给出了诸多"离经叛道"的建议。真正的科技进步，需要创造新事物，从 0 到 1；而既有的商业模式，多是简单复制，从 1 到 n；在红海中搏杀是没有前途的，看好未来，选择真正的创新领域去获得垄断地位；关注自身业务，而不是过于关注竞争对手；如果没有希望建立垄断，那就加入最成功的公司；不按常理出牌的"洞察力"，才是成功的"秘密"……

这些经验在中国真的行得通吗？对于中国的创业者们，蒂尔又会针对性地给出什么样的建议？我已经有一肚子的疑问，希望得到蒂尔和马斯特斯的解答。

理解《从 0 到 1》[1]

问：《从 0 到 1》这本书在预售期就占据美国亚马逊排行榜第一名，被一批创业家和企业家评为"迄今为止最好的商业书"。能

---

[1] 注：问答部分，答者彼得·蒂尔简称为"彼"，答者布莱克·马斯特斯简称为"布"。

聊聊这本书的写作过程吗？当时是否预见到了这样的结果？

布：这本书是根据我 2012 年在斯坦福大学听彼得讲课时所做的笔记整理而成。听课时，我差不多记下了彼得所讲的每一句话，后来又把这些笔记发布在我的网站上。这些内容不久就吸引了成千上万的读者，引起一阵轰动。于是我们决定将笔记内容重新整理成一本书，以便与世界各地的人分享这些知识。谈到写作过程，有点像创业。你要做大量的陈述、大量的编排，并认真检查和修改稿件。最重要的是，你必须对书稿出版后可能的反应有一个清晰的预期。

问：当年和你一起上彼得课程的同学，你和他们还有联系吗？他们在做什么？他们中间有人或者你自己应用过彼得的理论吗？

布：我不可能查到我所有的同班同学今天在做什么。不过，有好几百人与我联系，告诉我，他们搞开发项目和创业公司是得到了我的课堂笔记，即现在的图书《从 0 到 1》的帮助才取得成功的。在今天的硅谷，有关初创企业的大量介绍似乎都参照了这本书中的说法。例如，不再吹嘘一家企业占据了多么大的市场，而是说一个企业家要集中精力去独占一个小市场；不再说如何在竞争中取胜，而是说创业者要设法建立垄断。

问：你觉得创业更像是搞艺术还是从事科学研究？"从 0 到 1"这个理论，是否可以用到伟大的艺术家身上？

布：艺术和科学是两种截然不同的人类活动。科学总是从数字 2 开始：科学是在探索真理，所得到的一切都要在受到控制的条件下通过重复实验再次做出来。然而任何一件伟大的艺术品都是唯一的：绝不会还有一件与它一模一样，而且以后也绝不会再有完全相同的作品。要说商业更像艺术还是更像科学，我的回答十分明确：商业，至少是建立一个创新型的初创企业，更像是艺术。在某种意义上，如果是从 1 到 n，亦即复制某些有益的事情，那是在搞科学，是商学院的教学内容：努力提高管理效率。然而初创企业则更像是搞艺术，是在完成从 0 到 1 的突破，它的根本任务是要做成某种全新的和有价值的事情。

中美创新环境对比

问：你觉得这些年美国的商业创新表现怎么样？

布：美国硅谷在促进新技术商业化方面一直做得很好，优步就是近期的一个成功案例。谁能想得到仅靠开发一款打车应用软件，把要去某地的坐车人与愿意载客的汽车司机连接起来，就能做成一桩一年经营额高达 500 亿美元的生意？问题在于，大家都知道除了出租车还有大量的豪华轿车和私家汽车，而只有优步独具慧眼，从这种闲置的运载能力中发现了巨大的商机。

另一个例子是真知晶球（Palantir），这是一家向美国政府和金融机构出售数据分析软件的公司。这家公司的软件非常复杂，但它能使数据分析工作变得十分容易。这是技术和商业相结合的典范：创业研发复杂的技术需要资金，而这项技术正好能够为客户解决一个大难题，因此客户愿意提供资金来研发这项技术。

问：在这种创新中，美国政府的表现如何？功劳有多少？

彼：关于美国政府在创新投资方面的表现，显然是仁者见仁，智者见智。有一种自由主义者的观点——我本人就持这种观点——认为情况非常糟糕。在今天，爱因斯坦寄来的一封信很有可能会在白宫的收发室里被弄丢，曼哈顿计划将根本不予考虑，也不会有什么阿波罗计划。

问：你认为美国政府在创新投资方面表现糟糕，是不是可以理解为当下美国的创新脚步放缓了？

彼：当然。如果你看 1985 年的电影《回到未来》，他们回顾了 30 年——从 1955 年到 1985 年，世界发生的变化是非常大的。《回到未来 II》，从 1985 年到 2015 年，也是 30 年，但我认为这 30 年中，除了计算机以外的日常生活，实际发生的变化是相当温和的。

问：你为什么要离开硅谷？是不是也出于对这种创新放缓的失望？

彼：旧金山和其他"特大城市"，如纽约，对创新企业家来说吸引力越来越小。包括硅谷在内，这些城市已经变得太贵，智力上同质化，并且成为积极的左倾政治的中心。

问：中国政府已经宣布要在国内建立一个类似于硅谷的开发区，你认为中国政府的这个计划如何才能够取得成功？

布：我认为，重要的是必须看到中国政府在支持企业家精神。要知道，在美国，政府至今也没有给予硅谷有力的支持，充其量只是没有妨碍它的发展而已。美国的一些科技公司如领英（LinkedIn），在中国开发区与当地政府保持了良好关系，而且经营得相当不错。由于创新文化及创新环境等方面的差异，中国的创业生态系统获得成功的关键或许正是要避免拷贝硅谷。创建"中国的硅谷"不应该是目标，对于中国来说，多一些创新型企业才是大事。我猜想，最后建立起来的开发区与硅谷一定会有很大的不同。

问： 在创新这个问题上，你觉得中国能从美国学到什么？

布： 我认为，有一个美好未来的关键是要尽最大可能避免竞争。在地缘政治的选择上，你最好选择那些注重发挥自身与众不同的特色，并重视贸易和与他国合作的国家，而不要选择那些企图与别国竞争的国家。所以我认为中国可以从硅谷学到很多东西，硅谷也可以从中国学到很多东西。最好的愿景是中美两个国家在将来各自都有一个强健的独一无二的创新企业生态系统。

培养创业者

问： 当前中国的互联网创业者中有很多野心勃勃的 90 后年轻人，你能给这些有抱负的中国年轻人提供一些建议吗？

彼： 如果我给出的是一个具有普适性的回答，每个人都可以遵循照办的话，那同时又一定是一个错误的建议。

令人诧异的是，尽管 IT 行业已经火爆了 10 多年，得到了惊人的发展，但我们的社会仍然把计算机编程看作是一项枯燥乏味的工作，将其视为一种不受欢迎的职业，至今仍然只有极少数的人愿意进入这个行业，IT 行业仍然人才短缺。但是我认为，如果你真的是一个人才，进入 IT 行业是非常不错的选择。这是我的一个稳妥的、比较具有普适性的建议。

问：怎样才能知道一个人是否具备了成功创业者的那些特质呢？成功的创业者可以通过培训产生吗？能够被大量孵化出来吗？

布：不知道成功的创业者是天生的还是后天形成的，不过可以肯定的是，有些人具备敢于冒险、喜欢尝试新事物的气质，而其他人则不具备。不过，任何人都可以不断提高自己的能力，假以时日，便会有越来越多的创业者获得成功。大多数成功的创业者都会显示出两种几乎相反的性格，他们或许非常有魅力，同时却略显笨拙、害羞，甚至性格内向；而另一类例子是，有一些特别成功的创业者说话办事总是特立独行，甚至固执己见，但是他们同时也非常通达开朗。随着时间的推移，他们的这些特质甚至会变得越来越突出。不过我怀疑这或许是人们对他们十分好奇，感觉如此而已，他们未必就是这样。关于成功的创业者有什么与众不同，我只能说这么多。

下一个浪潮

问：在你眼中，下一个引领时代变革的技术会是什么？是人工智能还是生物技术？

彼: 人工智能被吹嘘得有点过分,生物技术很有可能成为热门。我们一直在谈论计算机作为人类替代品的可能性,但事实上它们是非常不同的。电脑能够以令人难以置信的蛮力做事,但人类有时能够更有效地做更多的事情。

不过,如果你搞出一种能够自动驾驶的汽车的话,那肯定是一项了不起的创新,会产生很大的边际效应。我猜想,最直接的影响很可能是推动信息技术迅猛发展,并开始冲击原子世界。到那时,我们也许会要面对技术的进步能否主导政治,或者反过来,政治能否主导技术的问题。

问: 不过现在看来,人们似乎更关注比特币这样的虚拟货币、电子货币,谈论它们将如何颠覆商业、金融世界。您对此怎么看?

彼: 一个令人兴奋的事情就是,新技术总在给我们制造新的惊喜。比特币是一个突破性的技术发明,发展前景也是跳跃性的,总能实现新的功能。不可忽视的事实是,比特币在真正改变世界,重塑新的金融格局。

布: 比特币是一项很酷的技术,在技术意义上绝对是一个从0到1的创新。最大的问题是什么时候比特币可以获得广泛接受并成为真正意义上的可流通货币。其实这不难,在美国,现金和支票之外还有 PayPal 和 Venmo,中国也是一样。由于它所独有的技术特点,比特币很可能不会成为一个简单的 P2P 支付平台。我认为最有前途的比特币应用是它成为一个几乎看不见的网络货币,应用于机器之间的支付。例如,一个服务器可以向另一台计算机请求下载网页并用小额比特币支付。如果比特币支付可以成为计算设备的默认功能,那么应用前景非常可观，因为当下互联网是非常缺乏货币化的。

不过在这一点上，我对比特币的中立性持怀疑态度。我的观点是，将会有一种加密货币与黄金相当，比特币转换为数字版本的黄金。积累资金的追求是永不褪色的泡沫。

问：你曾经说过我们想要一辆可以飞的汽车，得到的却是 140个字符。社交媒体、消费技术的创新，不值一提吗？在这个领域还有继续创新的潜力吗？

彼：网络公司、社交媒体和消费技术已被彻底开采，下一件大事可能是虚拟现实、人工智能或自动驾驶汽车。应该指出的是，硅谷正在积极研究所有这些想法。

不过，当下这个时代仍将由以消费者为中心的互联网公司主导。尽管消费者科技缺乏潜在的新创意，但我仍然认为亚马逊是美国最凶猛的公司，是你不想与之竞争的公司。

终极之问

问：在你看来，我们人类是否变得过于冒险？世界的未来会更美好吗？

彼：从 18 世纪到 20 世纪，"风险"这个词非常罕见，一直到40 年前，关于风险的曲线，突然变得非常陡峭。它在媒体的标题中越来越普遍："如何管理风险""如何承担风险"……这预示着我们的社会实际上正变得越来越脆弱。最佳的战略是将注意力放在"风险最小化"的过程上，但这会使你从实质性的创新、实干中分散注意力。我们其实是越来越害怕风险，而不是过于冒险，我们越来越不敢创新，这或许是通往更美好的明天的一个障碍。

对话手记

正如我在开篇时所说，在我心目中，"离经叛道"是最适合蒂尔的一个标签。

不走寻常路，背弃主流的选择——避免竞争以获得垄断地位。这个道理听起来似乎简单——谁会喜欢竞争呢？谁不想杀入一片无人之境创造自己的商业帝国呢？

但显然，背弃主流、规避竞争，并不是任何人都有能力、有胆量做出的选择。

首先，便是要有独特的洞察力，即对主流有足够的批判、反思与质疑，能够发现主流路径之外未被充分开发、未得到妥善关注的领域，能不断发现新的问题，提出创新式的解决方案，从 0 到 1 地发现商机、开拓市场。

其次，还要有足够的胆识与能力，敢于将自己的洞察真正落地成行动，承担起背离主流的压力。而这种勇气和担当，也往往离不开外部的支持——独具慧眼的天使投资人，包容失败和鼓励创新的社会环境，以及积极配合、给予充分支持的创新型政策。

毫无疑问，不管人们有多么推崇《从0到1》这本书，多么认可蒂尔提出的原则、理论，蒂尔在硅谷的成功都是无法复制的。我们可以探究与努力解决的问题是——创造蒂尔们的土壤是否可以复制。

正如我和蒂尔在交流中谈到的：中国年轻人渴望成功，野心勃勃；中国政府想要复制硅谷，建立类似于硅谷的开发区。但要真正催生出硅谷里璀璨卓越的创新企业，成就一个个如蒂尔们般非凡的传奇人物，中国显然需要做得更多。

我们需要更新我们以应试为导向的教育体系，真正培养出具备批判性思维与探索精神的年轻一代；

我们需要务实而高质量的基础教育、高等教育——就像蒂尔给年轻人们的建议一般，想在互联网行业创新、制造垄断，要先接受扎实的编程、IT训练；

我们需要畅通的信息，让年轻的创业者们能随时了解最尖端、最前沿的领域到底在发生什么；

我们还需要灵活、高效率的政府部门，愿意响应社会需求，与创新者们共同应对这个变化多端的网络时代，及时出台高质量的政策，提供创业支持，打破政策壁垒，解决新兴的社会问题。

从0走到1，我们需要更多的行动。

11

戴安娜·柯伊尔：

经济学家和高尚的学科

"20 世纪最伟大的发明是什么？"

2018 年年初在瑞士达沃斯的温馨小酒店的壁炉前，当剑桥大学教授、英国财政部原顾问戴安娜·柯伊尔（Diane Coyle）向我提出这个问题的时候，我脑子里闪过很多答案：飞机、电视、手机、阿司匹林……柯伊尔教授莞尔一笑：你知道吗，我的答案是 GDP。

《极简 GDP 史》那时刚刚在中国出版。这本书从历史、现实、未来多个角度，重新梳理解释 GDP 的意义，描述这一概念的发展，客观看待它的局限性，也捍卫它作为经济政策重要指标的地位。彼时对 GDP 迷信的批判，正是大众媒体热衷的主题。此书一出，立即引发经济学家和媒体的广泛关注。

而这已不是柯伊尔的著作第一次在中国引起轰动。上一本书，是 2009 年出版的《高尚的经济学》。这本科普之作，系统阐释了经济学的发展流变。经济学不仅仅是搭建模型、精于计算的沉闷学科，其研究领域也越发多元。"GDP 能够有效地衡量幸福吗？经济增长能使我们快乐吗？"道德、幸福，都重新被纳入经济辩论的范围，这些议题都使得"冷冰冰的经济学"逐渐回归"人性的经济学"。

对我而言，《高尚的经济学》一书将经济学内在的深刻原理与奥妙之处逐一道来，既有趣味性，又有系统性的阐述。虽然对经济学的主流学派、前沿思想进行了阐述，但又不会令人感到迷惑。经济学，已不仅仅是研究供给和需求的学科，它已经扩展到社会生活的每一个角落。正如美国著名金融史学家、《繁荣的代价》作者彼得·伯恩斯坦的评价："本书就像一阵新风，简洁、有力、可信且发人深省地论证了现代经济学和经济学家的活力。经济学早已不是一门沉闷的科学，经济学的研究领域一直在不断拓宽，研究主题也在不断深入。但是，经济学界外部很少有人注意到这些变化，本书恰好弥补了这一缺憾。"这本《高尚的经济学》还让我们清楚地了解经济学家在思考和研究什么问题，有助于我们更全面、深入地理解经济学和经济学家，以及那些经常在媒体上听到的名字和术语。而对我来说，柯伊尔教授也的确是我了解如何学习经济学的重要引路人。

柯伊尔 1961 年出生在英国西北的兰开夏郡，在她看来，自己的经济学启蒙源于中学的一位老师。"我的老师非常强调一种怀疑精神，看重我们逻辑思维的培养，这都是经济学家的必备素养。"柯伊尔在牛津大学完成了和金融大鳄索罗斯、英国首相大卫·卡梅隆、《经济学人》主编詹尼·明顿·贝多斯同样的哲学、政治学和经济学（PPE）专业，之后在哈佛大学获得经济学的硕士和博士学位。毕业后，她以经济学家的身份在英国财政部工作。

她曾担任英国广播公司（BBC）理事机构 BBC 信托基金会的副主席，英国《独立报》经济学编辑，也是英国竞争委员会的成员和英国移民咨询委员会成员。

在 2001 年，柯伊尔成立了咨询公司"启蒙经济学"（Enlightenment Economics），为诸多商业公司、国际组织提供与新兴科技、创新、竞争政策有关的咨询。与她学术领域的关注点截然不同，她在商业领域的研究更像是她个人兴趣的拓展。从灾难中的社交媒体与新技术的应用、信息科技的社会影响力到创新体系研究，她涉猎极其广泛。2018 年，柯伊尔教授成为剑桥大学公共政策学院的首位本尼特学者。

那天，瑞士达沃斯下了一场几十年来最大的大雪，在两米深的大雪中，我和柯伊尔终于有暇在炉火边坐下，谈论一下经济学是否是一门高尚的学科。

经济学的历史与未来

问：在一些人眼中，经济学家谈论问题总是从利益得失出发，给人一种"冷血"的感觉。

答：确实，大多数人认为经济学主要是宏观经济预测，他们认为大多数经济学都基于这样的假设：我们都是自私和超理性的，只关心金钱。在一代人之前，一种狭隘的经济学方法确实主宰了这一主题，仍然有一些经济学家认为还原论的版本没有任何问题。但今天，大部分经济学的实践和理论都会考虑人性的复杂性，与"真实"世界有了更大的联系。

问: 你在《高尚的经济学》一书中对经济思想史进行了很好的梳理。理查德·塞勒教授因在行为经济学方面的贡献获得诺贝尔经济学奖，而且近些年来很多学者开始涉足行为经济学。有人说传统经济学的基础正在改变，甚至正在动摇，你同意吗？

答: 我同意。我认为，学术界和大学研究的经济学与评论家脑中的经济学概念是截然不同的。所以你经常听到评论家说经济学假定人是理性的。我们知道这不是真的。他们还说经济学假设人们仅追求利润最大化，但我们知道可能还有社会动机和利他主义等同样重要的因素。在评论家们看来，经济学家假设人们是完全相同的，经济中没有摩擦，权力斗争并不重要，但实际上这并不是经济学真正的面貌。很不幸的是，作为经济学家，我们没有对大家解释清楚我们在做些什么。所以，我一直密切参与一个叫作"核心经济学"（Core Economics）的项目，为大学生开发免费、在线的经济学入门课本，给他们介绍经济学前沿研究，告诉他们当前的经济学领域正在发生什么。

此外，政治家一直将经济学作为党派辩论的一种武器，我不认为这种情况会有所改观，因为政治家要做的就是用尽可能多的内容支持自己的观点，但这并非经济学家工作的本来面目。这也是挑战的一部分。

第三个问题是很多人认为经济学是关于预测的，但其实你不能预测经济走向。就像一位医生不能说 10 月 25 日你会得癌症，医生只能说，如果你嗜好抽烟的话，你患上癌症的概率会增加。大多数经济学家不做经济预测，但是在金融市场上，一些经济学家因为利益驱动去预测经济。所以我认为这是我们在交流中遇到的一部分挑战。但从根本上，我们还是需要更好地向人们解释我们所知道的事情以及我们不知道的事情，并且诚实地对待我们不知道的事情，我想这样做会得到更多的信任。

问： 诺奖得主托马斯·萨金特（Thomas Sargent）正在研究人工智能对经济学的影响。你认为经济学的基础是否会因为技术而发生改变？只要掌握了所有的细节，拥有足够的数据，机器就会帮助你搭建模型，经济学会往这个方向发展吗？［我们谈到这里时，2015年诺贝尔奖得主安格斯·迪顿（Angus Stewart Deaton）正从我们身旁经过。］

答： 我相信诺奖得主迪顿教授会同意这个观点：我们越是更多地将注意力放在我们从数据中得到的东西上，并更少地去关注理论模型，经济学学科就会越趋于良性发展。本科生学习了很多计量经济学和统计学方面的技巧，但这些都是相当理论化的。所有学经济的人都应该了解数据的缺点：数据是混乱、不确定的，你必须警惕数据的来源。我们即将踏入一个被数据充斥的世界，当你能够获得这些数据的时候，就相当于获得了一个丰富的宝库，但是也必须意识到你收集的数据可能存在偏差。

问： 这是否意味着一些传统的经济理论即将消逝？就像一般均衡理论一样，20 世纪中的很多理论都会成为过去时。

答： 我想它们会的。当然，应用一般均衡理论的人都是有杰出才能的，我不认为这个理论特别实用。一般均衡理论唯一能告诉我们的就是一切都是连接在一起的。在一个复杂的经济环境中，你需要意识到所有这些溢出效应，但一旦认识到了这一点，我不认为这个理论还有特别多值得挖掘的东西。

问： 你如何评价熊彼特关于创新的理论？

答： 跨越式创新和渐进式创新都在发生。现存竞争对手之间开展竞争，会带来渐进式创新。但是我认为，当新产品进入市场并开展市场竞争时，熊彼特式创新显然是会发生的。对于数字技术来说更是如此，因为数字技术意味着"赢者通吃"，网络效应很大。所以谷歌应该担心的是，市场上是否有人会用更好的技术推翻它们，就像它们当初推翻雅虎那样，这种技术驱动式竞争是很可能带来商业成功的。谷歌想要保护自己，就会像脸书一样，收购那些看起来会成为未来竞争对手的小公司。所以我认为竞争管理机构应该对这种收购采取更加警惕的态度。但竞争管理机构大多还是采用传统的监管方式，当一个大型数字科技公司想要收购小公司时，看上去两个市场并不相关，这时候竞争管理机构就会放松警惕。我认为他们需要更加注意这种现象。

问： 托马斯·皮凯蒂（Thomas Piketty）在《21世纪资本论》一书中指出，资本比劳动会产生更大的回报。你同意这个观点吗？

答： 我不完全同意他的看法。这本书所强调的是，美国收入不平等的情况大大加剧，且与其他国家相比非常突出，这个发现是很有用的，也使这本书变得非常重要。皮凯蒂有一个确定性的观点，他认为不平等必然会增加，除非发生战争，摧毁了富人们拥有的大量资产。但是我认为他忽略了一些重要内容，一个是房产的重要性，富人的资产在某些国家受到房地产泡沫的影响。另一方面，他并没有真正强调人力资本的重要性，他记录的收入增长很大一部分是因为高级人才所获得的高工资溢价，而这一点可以被改变。

作为衡量经济增长指标的 GDP

问：在信息技术的新时代，我们对衡量一国经济增长的指标的解读（大多数时候是说 GDP），是否会发生改变？

答：数字技术无疑正在改变我们解读当前 GDP 数据的方法。当然，现在谈数字技术对此的影响还为时尚早。我正在做这方面的研究。对发展经济学来说，研究者过去难以掌握足够的统计资源，因为资源丰富的统计机构并不多。利用大数据来衡量经济活动是很有发展潜力的，如手机和卫星数据。

问：你认为日后 GDP 指标将如何变化以适应时代发展？

答：当然可以有一些改进，如优化服务和无形资产的统计方法，优化工业类别和职业分类。相信最终我们会设计出一个统计框架，用来衡量可持续的经济发展，而不是单一的总体 GDP 增长数字。

问：我们还需要哪些指标来弥补它的局限性（与 GDP 互为补充，

共同作为衡量国民幸福生活的指标）？

答：我赞成制定国家资产负债表，因为计量资产是判断当前经济增长是否可持续的唯一途径。国家资产负债表应包括所有类型的资产，比如自然资本、人力资本、金融资本和基础设施。

问：你认为 GDP 与一个国家的国民幸福指数或国民幸福总值正相关吗？

答：对许多国家来说，包括中国，这显然是正确的。即使在高收入国家，人们也不喜欢 GDP 下降，因为他们会失去工作，收入也会随之减少。所以我认为经济增长是重要的，但是 GDP 所能衡量的状况和实际经济状况之间的差距，正在扩大。一部分原因是对环境的权衡，我们没有把环境成本考虑在经济增长之内。此外，数字经济带来的变化使得 GDP 在衡量经济状况时已经不那么有力了，因为商业模式正在改变，网上有这么多的免费商品，发布它们的人也能赚个盆满钵满。所以我们需要重新考量衡量经济状况的框架，以更好地理解经济如何变化。

问：那么 GDP 是否仍然是一个科学的评价指标呢？

答：到目前为止，GDP 是最好的指标。但是在计算 GDP 时，我们总是要决定什么包含在内，什么排除在外。没有报酬的家庭工作被排除在外，这就意味着，随着女性离开家庭进入市场经济，GDP 应该会上涨，因为她们在家庭之外购买餐食、雇用清洁工、给托儿所付钱。我想很多人都不明白，对经济规模的衡量涉及很多判断。话虽如此，但如果长期观察的话，我认为 GDP 确实反映了经济繁荣增长的事实。

美国反全球化的短视

问: 现在看起来，一方面特朗普似乎正在终止全球化，凡事提倡"美国优先"；另一方面,中国却在全球化中扮演着积极推进的角色。对于中美角色的"逆转"，我们该怎么看待？

答: 全球化确实带来了好处，但经济学家和政治家们还没对利益分配不均问题给予足够的关注。在贸易谈判中，情况总是如此。印度、巴西以及撒哈拉以南的非洲国家已经指出，他们没有从贸易增长中获得足够的好处。

美国如此强烈地反对全球化，也不奇怪。诺贝尔经济学奖得主安格斯·迪顿指出，美国一些中产阶级的收入数十年来都没有增加，没有从全球化中得到任何好处。这些现象都可以帮你理解（美国）对全球化的反对。但我认为特朗普政府的做法会适得其反。因为现在的全球贸易不是交换产成品，而是交换要素。如果要素交换变得更艰难，势必会导致本国公司的生产成本提高，甚至可能裁员，而且消费者也会因为需要支付更高的价格而福利受损。所以，在过去50 年中，美国低收入消费者从全球化中获得的一个好处就是提升了购买力，可以购买更多自身负担得起的进口商品，其中很多商品都来自中国。全球贸易的每个参与方都是以国家利益为重心的，大多数情况下，人们考虑生产商的利益胜过考虑消费者的利益。

女性的突围

问：为什么女性经济学家这么少？

答：我们现在正就这个问题进行激烈讨论。在英国和美国，从事经济学研究的女性约占五分之一。从学士到研究生到教授，资历越高，女学者的比例越低。这种差异当然不是由自然分析能力的差异决定的。

我认为，一个原因是缺乏良好的鼓励氛围，此外我认为重要的一件事是经济学科的文化。许多男性经济学家创造了一种对女性同事傲慢的侵略性学术文化，我对此感到惊讶。

我参加过许多经济研讨会，里边的敌对挑战氛围令人不舒服，正如这几天的达沃斯一样。在许多其他领域，这种强度是不可想象的。资历较低的女性几乎不说话。为什么我们需要女性经济学家？国计民生所涉及的经济学，如果研究和政策建议由男性主导，那么将有许多重要的观点有偏差。女性经济学家将从占人口一半的女性角度考虑动机和行为。这不是女性的问题，而是经济学的问题。它深深植根于学科的文化和规范，业内拥有地位和影响力的男性从业者需要认真对待它。

问：你预测下一届或接下来几届的诺贝尔经济学奖获得者将来自哪个方向？在不久的将来，会有一位女性经济学家赢得诺贝尔奖吗？

答：这是一个很难回答的问题。很多人认为诺贝尔奖应该授予保罗·罗默（Paul Romer），以表彰他对经济增长理论的贡献。从事计量经济学和统计学研究的大卫·亨德里（David Hendry）和戴尔·乔根森（Dale Jorgenson）也是候选人。但是要预测谁将赢得诺贝尔奖总是非常困难的。

有一些女经济学家是非常有潜力的竞争者，其中有两位分别是麻省理工学院的艾丝特·杜芙若（Esther Duflo）和哈佛大学的克劳迪娅·戈尔丁（Claudia Goldin）。

终极之问

问：人工智能、大数据和区块链——许多先进技术将我们带入一个新时代，但也有很多挑战，您认为高科技赋能的世界将是一个更美好的世界吗？

答：新的科技手段并没有直接提高生产率，社会生活的改善还会需要时间来适应。但新的科技的确带来了生产的自动化，而且会有更大的提高空间。

对话手记

　　柯伊尔教授是我在学生时代就极其尊重和敬爱的女性学者。

　　一个不争的事实是，无论是在经济学界，还是我后来关注的科技界，女性的身影都非常罕见。每每遇到女性学者或嘉宾，我都会忍不住和她们谈起性别平等的话题。

　　正如柯伊尔教授的成长经历，这些优秀的女性学者本身极有天赋。出身于良好的家庭，在成长的过程中得到父母、老师的支持和鼓舞；她们在世界一流的大学学习、研究，在顶尖的机构工作。她们的禀赋、教育经历和个人不懈的努力，把她们带到一定的高度。但当她们想要向更高的地方攀爬时，也会无一例外地遇上玻璃天花板——无论是文化上的、机构制度上的，还是家庭的负担和束缚。每每想到她们取得当下的成就，要比男性同侪付出更多的努力，我总是心生敬意。

　　我也总是困惑地反复请教她们，究竟可以做些什么，来打破性别的刻板印象，帮助女性更好地在各个领域取得她们应有的成就。

　　正如柯伊尔教授所说，非常重要的一个突破口，是更有性别意识的公共政策。从教育、医疗和社会政策的各个角度，为女性的平等发展提供支持，让男性平等地分担家庭责任，赋权女性、解放女性。

　　而另一方面，像柯伊尔教授这样的女性本身，对她的学生和读者就是一种莫大的鼓舞。她所取得的成就，就是一个明确的信号：女性也完全可以做到。

　　每次见面，我都会请柯伊尔教授预测当年的诺贝尔经济学奖得主，尤其是——可能的女性得主。我无比期待那一天的到来。正如柯伊尔教授在对话中提到的学术界敌对的挑战气氛——当有越来越多的女性经济学家捧得诺贝尔经济学奖，这种傲慢的、男性主导的研讨会文化，想必也会不攻自破吧。

12

贾斯汀·卡塞尔：

人工智能女王眼中的人类未来

"人工智能会拥有独立意识吗？""人工智能会替代人类吗？""人工智能会毁灭人类吗？"

　　2017年的某个夏夜，我和贾斯汀·卡塞尔以及她80多岁的妈妈一起吃饭，应邀而来的一位科学家朋友，一口气向卡塞尔抛出三个问题，正在品酒的我，不禁哑然失笑。我把这三个问题称作"AI吓死你套餐"，每个人见到卡塞尔女王都会问。女王就是女王，应付这样的问题是相当自如。"现在距离回答这些问题还太早。"一边喝着龙井茶一边回答的卡塞尔面带微笑，和蔼可亲。她拒绝任何耸人听闻的预言，也不卖弄高深的行业概念，而是巧妙地把话题引向她最擅长的领域："当前人工智能发展，还有很多决定性的难题没有突破。其中最重要的一大难题，就是语言与沟通。"

　　语言与沟通，正是这位"误入"人工智能领域的女科学家，倾其学术生涯研究的核心问题。

生于 1960 年的卡塞尔，现任卡耐基梅隆大学计算机学院副院长，也是世界经济论坛（WEF）未来计算机全球未来理事会主席。因其在人工智能领域的卓越贡献，她在 2011 年被任命为世界经济论坛人工智能委员会主席。

但你可能想不到的是，这样一位人工智能领域的重量级专家，却并非计算机专业出身。她在完全不同的领域学习，不断拓展知识边界。少女时期的她，只身前往法国，获得了贝桑松大学普通大学学业文凭。而后，她在达特茅斯学院主修比较文学和语言学。1986 年，卡塞尔获得爱丁堡大学语言学硕士，1991 年获得芝加哥大学语言学和发展 / 认知心理学双博士学位。卡塞尔告诉我，当时芝加哥大学一再强调，从来没有人同时读这两个不相关的专业，但是她坚持要开拓历史，特立独行，保证自己可以承受压力。结果，她真的成为芝加哥大学第一个跨语言、心理领域的双博士。

在一次交流中，我无意间提到自己很想在 40 多岁时去美国读一个完全不相关的物理学学位。不过，对这样一个"空想"，我并没有什么信心去实现。卡塞尔却立即严肃地对我说道："永远不要给自己设限，永远不要说自己做不到什么。如果你想做，就去勇敢地尝试，因为最终你一定会成功的。"在卡塞尔看来，自己的这种坚持，很大程度上受她妈妈的影响。

卡塞尔的妈妈今年 86 岁，但看起来只有 50 多岁。妈妈认真生活，每天划船和跳舞两个小时；妈妈认真恋爱，有一位比自己年轻很多的异性知己；卡塞尔的妈妈是美国人类学专业历史上第一位女博士，一生独立、自信，追求自由和个人解放。这些都深深影响着卡塞尔的人生和职业选择。

"最初，我确实没想到自己会和人工智能有什么交集。"卡塞尔向我回顾她的整个学术生涯，她最初的研究是人类对话与故事叙事。但各种机缘巧合，她开始对有计算机系统参与的对话发生了兴趣。她试着解构人类语言与故事叙事中的各个元素，将其中的范式规律编入程序。"这是非常有意思的研究，能让计算机像人一样与人交流。刚开始，它们说出的话可能很奇怪、很滑稽，但它们学习的速度超乎我的预料。"

从人类间的对话到人机对话，凭借着语言学的深厚造诣，卡塞尔一路成长为自然语言处理领域的世界级专家。

她的第一份工作，是在麻省理工学院任教。卡塞尔在执教的同时，也负责麻省理工学院媒体实验室的姿势与叙事语言研究小组（Gesture and Narrative Language Research Group）的工作。后来她又在全美排名第一的计算机学院担任副院长，在达沃斯世界经济论坛的平台上，和各国总统、总理、部长们侃侃而谈。

她的研究领域，是自然语言处理，是让机器理解并解释人类写作、说话方式的能力。这门学科处于人工智能、计算语言学和计算机科学的交叉领域。它的目标是让计算机在理解语言上像人类一样智能。最终目标是弥补人类交流（自然语言）和计算机理解（机器语言）之间的差距。

微软公司曾提出一个口号："自然语言是人工智能皇冠上的明珠。"而由于多年在人工智能领域的真知灼见，和真诚、执着、一以贯之的价值观，卡塞尔被人们称作"人工智能女王"。

卡塞尔的研究，深入人机互动最前沿——人形对话代理（ECA，Embodied Conversational Agent）。这项研究成果解构了人类对话的语言元素，并赋予机器语言对话、叙述、社交等人类智能。这些虚拟人物，可以通过语言和非语言与人交流，其界面包含语言、表情、手势、体态等模块。

卡塞尔最感兴趣的，是将人形对话代理应用于儿童教育与发展。这些应用往往有着非常强的开创性。例如故事倾听系统，通过一个虚拟的"朋友"耐心地倾听及互动，帮助有需要的孩子学习语言和叙事。

当下，自然语言处理的发展突飞猛进。我们可以对着手机"调戏"苹果 siri，在社交网络和微软小冰对话，向亚马逊 Alexa 发号施令；到了语言不通的异国他乡，也能依靠各种实时语言翻译软件与当地人沟通交流。但这些人工智能在日常生活中的初步应用，仍然无法完全达到人类的期望。Alexa 在没有指令的情况下会突然无缘无故发笑，微软机器人 Tay 在 Twitter 上变成了种族主义者。人与人的交流理解都并非易事，人机之间的隔阂则更是深远。

这样的鸿沟应该如何打破？人工智能究竟会怎样改变我们的未来？我迫不及待想听听，"女王"到底怎么说。

只打造与人合作的人工智能

问：你为什么会从语言学转移到人工智能科学？契机是什么？

答：人类语言是一门复杂的学科。在进入这一行之前，我是教语言学和法语的。但同时教这两门学科太难了，所以我干脆修读了计算机，然后尝试着把计算机和语言结合在一起。

在早年学习的过程中，我对人类对话和讲故事的能力产生了兴趣。后来在研究中，我设想，一旦让机器拥有了类似人类的能力，它们就能被用来唤起人类所能拥有的最好的沟通技巧。所以我的目标就是：开发能唤起人类最人性的能力的技术，并研究它们对人类世界进程的影响。

问： 目前，自然语言处理（NLP）和机器学习（ML）无疑是人工智能最火的两个领域。前者坐拥社交这一巨大的市场，后者的代表"阿尔法狗"在围棋游戏中所向披靡。你怎么看现状？

答： 长期以来，人们普遍听到的新闻都是人工智能在棋类游戏上战胜人类。但在更多人看来，现在的人工智能并没有朝他们期望的方向进步，因此人们的热情在最近开始消退。

但随着深度学习的发展，更多商业落地应用出现了，这点燃了人们的想象力。比如在语音识别、图像识别和自然语言处理领域。脸书可以识别照片上的面孔，亚马逊的智能家电能够参与到人的生活中，各种智能翻译软件越来越普及。

过去几年，深度学习颠覆了以往的语言处理技术。我相信我们正处于机器算法的黄金时代。比如，永不停息的语言学习者内尔（NELL）能不断地阅读网络，每天都学习如何比前一天更好地阅读。它正在形成有助于它理解世界的基础，而这反过来又帮助它阅读和理解更多的网络。它基本上是把一个非结构化信息转化成结构化信息。内尔可以与 IBM 的沃森相比。

所以说这两条路是交互的。但两者都面临同一个问题：那就是数据的来源。我们知道机器学习是需要大量数据的。比如你建立了一个可以识别金融术语的语音识别系统，然后有人突然说我喜欢棒球（包含棒球术语），这个系统就不起作用了。因此，拥有数据意味着拥有战略上的优势。很多企业来找我，希望我们提供咨询服务，作为回报，他们会给我们几十万的数据节点，这个数字跟金钱一样让我很开心，因为通过数据可以更好地了解人类，可以创造更好的软件，让更多的人快乐。

问：很多人还是会对现在人工智能的发展感到恐惧。你如何看？

答：很多人，包括霍金、马斯克都担心人工智能会毁灭人类。但我认为这种担忧本质上是一种道德恐慌。历史告诉我们，随着技术发展，人类会被迫面对一些问题。技术可能只是我们更深层次的恐惧的焦点，因为我们担心是否做出了正确的选择，并创造了真正想要的未来。

我自己的态度是——绝不允许人工智能独立于人类工作。我只打造与人合作的人工智能。

人工智能的发展会提高各行各业的生产力。有些职位将会被这些机器人取代。然而，我们可以预测机器人将越来越多地与我们合作，而不是取代我们，从而使人类更聪明、更高效。因此，机器人和其他人工智能形式如何与我们互动将变得越来越重要。

问：但更多人将失业，对吗？

答：我不会说一点问题也没有。毕竟，谁也不知道人工智能是否会为人类创造足够多的新工作。

而且，我们将越来越多地需要应对道德挑战，例如那些军用无人机可以自主识别并向敌方目标开火，并不需要人工干预；还有，人类将不得不持续平衡社会安全和个人的隐私权之间的关系。因为人类往往无法界定自己想要什么，所以确保人工智能在不带来意外后果的情况下造福人类很难。因此，未来最有价值的技术点在于如何让人工智能和人类进行联合，使人类更加强大，又能和机器共生。

所以，我们必须要知道人工智能和人类应该如何协作，这也是我自己研究的重点。我相信，未来，每一个灯泡可能都在观察和学习；人和计算机的互动将走向极简，因为计算机就像人一样，有自己的行动和反应；同时又有无限搜索能力、无限的知识、思想模式和运作规律。通过人机关系的加强，机器可以和用户建立起更好的关系、更强的共识、更和谐的相处模式。

展望人工智能产业化

问：对于企业来说，机会在哪里？

答：对于人工智能可以给企业带来新的商业机遇，我认为有三点新的模式。

第一点是个性化服务。人们担心人工智能对隐私的挑战，所以我们要求的并不是决定这个人需要得到什么，而是鼓励人们行为的改变，并据此制订出个性化服务方案。

第二点是物联网和可穿戴设备。这在美国已经有了很多研发成果，我认为未来在中国也一定会是发展方向。

第三点是智能制造业。人工智能已能为制造业，比如智能卡车行业提供系统化的解决方案。

问：当下，聊天机器人应用成了社交媒体的热点。但很多人用过以后都觉得现在的人工智能确实不够智能。你认为呢？

答：确实如此。现在人们对人工智能的需求已经不只是语言上的理解了，很多人希望从聊天机器人中获得情感的反馈。

这也是我研究的方向。我认为未来人工智能最有价值的技术点有三个方向：信息聚合、评估用户情绪与反应、与用户建立关系。

我见过一些很好的案例。第一个是使用人工智能来了解你的情感，判断你的健康状况是怎样的，为你提供更有针对性的信息，让你获得最好的帮助。第二个是建立一种关系，在系统和用户之间建立关系，所以他做的不仅仅是定制产品，同时还会根据互动做相应的调整。

例如我和学生 2017 年做的一个机器人系统，当它面对客户时，它会观察你，然后开始搜集数据。它会研究你的微笑，你眼球的动向，另外它会观察你使用的语言。它有一个反馈推荐系统来选择机器应该使用的沟通技巧，它是不是应该表扬你，比如说"你真是让我出乎意料"，还是选择调侃你，它会在跟你互动的过程中获取信息，学习理解你的交流模式。这是会进化的机器人。

在未来 10 年里，我们的手机会在更深层次上理解语言，它将直接回答我们提出的问题，而不是简单地列出我们认为有用的网页。

问：现在很多搜索引擎已经能根据偏好进行自动推荐，这也是人工智能的发展方向吗？

答： 是的，这就是我刚才说的信息聚合方向。我想在这一方向，人工智能领域未来将呈现出四大新趋势。

第一是人工智能已经能够根据用户的需求或者喜好精准推荐文章，未来人工智能将会继续研究如何提供更加个性化的服务。比如，某一篇观点性文章，人工智能能够记录下用户是完全阅读还是只阅读了一半。这是第一个趋势。

第二个趋势是评估用户对文章的情感和反应。未来人工智能要建立更多的用户数据，分析他们在不同情况下的不同表情和情绪。如果人工智能技术能准确反映用户的情绪，就可以看到用户对网络广告的态度究竟是积极的还是消极的。

第三个趋势是生产和交付的新模式。人工智能在聚合大众的同时，需要把不同的观点融合到一起，不能存在偏见。人工智能技术需要更多不同类型的人参与其中，才能具有新的创意和创造力。

最后一个趋势是，人工智能让媒体与用户建立起更加持久的联系。媒体将新闻传递给每家每户每一个人时，每一个人收到的内容应该是不一样的，同时能够确保每一个观点都能够得到不同受众的认可，不仅可以听到官方的观点与信息，还可以听到大众的观点。让用户觉得有人懂自己，从而建立起长久的联系。这种情况目前来看只能通过人工智能来实现。

女孩，科技帮助你们打破玻璃天花板

问： 当你和其他全球人工智能的男性领导者们坐在一起探讨或

者接受采访的时候，你会觉得自己是特殊的吗？

答：我参加了很多会议。大部分时候，我认为自己和其他男性嘉宾一样。至少我们同样微笑。

当记者问我是不是因为我是"女性"才从事人工智能社会方面的工作时，我也学会了忍受这些有着性别偏见的问题。但考虑到这样的问题比较常见，我想出了一个应对策略，通常我会这样回答：我想这可能是因为女人已经打破壁垒成为计算机科学家，这让我们更容易打破界限，做一些跨界融合且激动人心的工作。

问：但是计算机科学这个领域，女性的参与确实会相对少一些。

答：是的。当孩子开始玩游戏时，就有"女孩的游戏""男孩的游戏"的区别。电脑被视作是男孩的"玩具"，而真正的女孩子是不玩电脑的。此外，擅长玩电脑的男孩，经常会被标上"书呆子""怪人"的标签，女生往往对这样的标签非常恐惧。

换句话说，人们对"计算机科学家"的刻板印象，与对"女性"的刻板印象是矛盾的。有些人认为女性不够坚强，不能成为计算机科学家，或者认为强硬的女性、电脑科学家不够女性化，不能被接受。

这些偏见难以避免。和创新的规则一样，使用原型处理世界会更容易，人们总想把我们看到的东西归类到我们已经拥有的类型中，而不是重新看待事物。

我们该怎么办？经常谈论这个现象很重要。这不是孤立的问题，女性的玻璃天花板就在那里。唯一的问题是，你是要逃避现实，还是继续专注于喜欢的工作，不管这些偏见。

问：你认为做些什么能够帮助全世界的女性打破这个天花板？

答：我希望帮助更多的女孩进入计算机科学的领域。比如我曾经设计了一个网络系统——"Renga，网络故事"，以帮助吸引女孩进入科技、计算机和语言学领域。

打破玻璃天花板需要我们解决那些阻碍女性回归职场的问题。要做到这一点，我们需要让更多的女性获得政治决策的位置。

中国和创新

问：这些年，中国对人工智能的研发和投资发展很快，有一些人甚至认为中国在人工智能方面已经成为领先国家。你认同这种说法吗？

答：也许5年前，中国还不被认为是人工智能的主要力量，但今天，每个人都认识到中国人工智能的发展对世界非常重要。

当下的人工智能技术中，最强大的部分是计算机视觉、自然语言处理、推荐系统和网络安全等。自然语言技术是人工智能的核心之一，它的发展离不开中文。所以，中国的人工智能技术可通过产品、算法和数据集来应用到庞大的国内市场中去。

7亿多网民带来的规模效应，一直被认为是中国最为明显的优势；但令人意外的是，中国在保护公民隐私方面宽松的法律环境，也是一个巨大的优势，尽管这听上去是一把双刃剑。

中国网民构成了一个巨大的试验场，一些初创公司也得以利用庞大的数据库来发展机器学习，大量的数据又可以支持这些机器进行算法学习，达到相同体量公司在美国无法企及的高度。

问： 对中国科技企业的创新，你有什么建议？

答： 7 年之前我曾与一位非常富有的中国风投家对话，他告诉我中国人总是喜欢"山寨"，不擅长创新。然而今天，我觉得不会有人还持有这种观点。

现在在中国，像阿里巴巴、腾讯、百度等众多公司都是革新者。我们要相信中国的科技可以在人工智能支持下迅猛地发展。另外，中国可以进一步发展传统行业，激发中小企业的活力，同时还能够拥抱一个美好的未来，创造一个创新的未来。

中国的传统企业在和数字化结合的过程中，可以创新的空间很大。但是要注意，我们要理解什么叫作真正的传统企业创新。如果仅仅是把传统产业的产品放在淘宝上卖是不够的，我们必须能够开发新的方法去创新。

现在每个行业都在变化，甚至行业之间的界限也正变得模糊，比如 3D 打印和机器学习结合在一起，物联网将制造业和信息结合在一起，可穿戴设备将制造业和身体结合在一起。因为新材料和其他领域的创新，我们可以有更强的计算能力。例如我们已经不需要用硅生产晶片；不断发展的大数据和算法，使我们计算的能力更上一层楼。

又例如手机的推广，带来了崭新的模式。人就好比网络中传感器的节点。每个人都有一个手机，你可以用手机获得或者传递信息，手机上面有定位系统，还有一些 APP，这些技术都可以用在无人驾驶上面。例如无人驾驶车辆通过定位能够到达目的地，但同时也需要一些与无人驾驶车辆通信的道路基础设施，使汽车能够知道彼此的位置。当然我们也会遇到一些障碍，我们把带手机的人作为一个节点，你的地点被泄露了，这就涉及隐私问题。

还有一个问题是在创新中如何能够保持人情味。比如中国有几个共享单车企业，是相互竞争的关系。共享单车的模式很好，但企业并没有思考过对公共资源的占用会带来道德问题，例如有些人把自行车到处乱丢，这背后其实有公共道路资源如何分配更公平的问题。我们把创新放在这些道德问题之前，就会带来一些混乱。中国始终是强调人际沟通的社会，在创新的过程中要保持这样的传统。

问： 那么创新的来源是什么呢？

答： 这是一个很好的问题。我也经常问自己，我们怎样做才会有更好的创意呢？就我个人而言，思维的碰撞可能会让我们更好地做到这一点。在卡耐基·梅隆大学，我们的团队有来自各个国家不同的成员，每个人都有不同的背景。他们所有的想法聚集在一起，总能产生更好的创意。

我们在美国做了一个实验，一群无法正常使用手臂的障碍人士，有老有少，有不同的种族背景，把他们聚集在一起设计 3D 打印的假肢，并在网上销售。他们提出了很多我们没有想到的新的生产模式和分销模式。

问： 要说创新，其实最核心的还是人。说到底，似乎都会变成一个教育的问题。

答： 你说得很对。现在中国的创新速度非常快，也有很多优秀的教授。留住这些人才，是很关键的一点。

还有一点就是，我们要注意儿童教育的问题。人类的创新可能在 5 岁孩子中就存在了。我们必须从小学就开始让孩子们去创新。创新的根其实是在好奇当中的。孩子的好奇心就是一种能力，有时候我们忘记了好奇心的重要性、探索的心理还有犯错误的过程。

而在高等教育阶段，我们要鼓励学生们不断地尝试，不要惧怕失败。我们不要以分数去限制他们，我们要让他们觉得失败是可以忍受的。许多学生在进入大学时非常惧怕失败，要让他们认识到失败并不是一切的结束。

问: 人工智能可否在创新教育中发挥一些作用呢？

答: 当然！例如我们可以用人工智能发现优秀的学生和不够优秀的学生的特点，使最慢的学生不再落后，最快的学生不再无聊。这对于教育是非常重大的转变，个性化教育可以提升孩子们的学习体验，不仅让他们更好地掌握认知技能，还可以更好地掌握社交情绪技能。

工作和沟通方面也有新的模式。有的企业在很多国家有运营团队，比如微软。这些企业的员工必须知道如何与其他来自不同背景的同事合作，这种合作能力可以通过人工智能来培训。

终极之问

问: 所有人都在说人工智能会改变人类。在你看来，它会怎么改变人类？

答： 我认为人工智能给了我们一种全新的模式，去了解这个世界。

全新的模式可分成五个层面，即新的生产模式、新的教育模式、新的工作和交流模式、新的传感器模式，以及新的城市模式和出行模式。

有了更强大的计算机能力、新的芯片范式、新的工具和更强有力的设备支持，计算机的算法不断升级，自动收集大量的数据，整合形成全新的模式，从而真正做到对社会经济的促进。人工智能可以帮助我们产生很多数据，这些数据是很重要的。未经处理的数据，就像撒在地上的面包屑。人工智能可以帮助我们处理这些数据，让它们不会变成无用的面包屑。

问： 所以，在你看来，我们的世界会变得更好吗？

答： 我相信会更好，但这一切肯定离不开更多人的共识和努力。

对话手记

自 2016 年在西二旗的某重庆火锅店初次餐叙后，我和卡塞尔成了非常好的朋友。我们曾一起在全国各地拜访政府领导、企业高管和优秀的科学家群体。和我喜欢的很多智者一样，卡塞尔也对人工智能的未来充满信心——因为她对人，有信心。

但在这次交流中，卡塞尔提到的一个细节，却迟迟盘桓在我心头。

当我们谈到中国的互联网企业何以后来居上时，一方面她提到中国 7 亿之巨的网民就是最大的财富。这让中国的互联网成为巨大的试验场，可以为初创公司提供无穷的商业机会和庞大的市场；另一方面，因为一系列法律法规和隐私保护的缺失，互联网公司可以通过极其便利的渠道，从这个庞大的市场获取各种想要的数据——这在欧美许多国家是难以想象的。她承认这是把双刃剑。但另一刃的杀伤力究竟有多大，却让人难以预见。

在缺乏充分的隐私保护的情况下，当下很多人最直观的感受，可能还只是各种骚扰信息的"精准投放"。但可能被"精准投放"的，还会有更多的诈骗信息、政治谣言。我们无法察觉到自己的什么信息会以什么形式被采集，究竟会被如何使用。身份信息与行为信息被高度集中，在充分掌控、分析数据的人工智能面前，我们都是毫无保护的透明人。

我丝毫不怀疑卡塞尔对人工智能的判断。机器对数据的学习，将让它们更好地了解人类。当那些掌握着这些机器，也就是掌握着技术、数据的资本与权力更加了解人类后，要做的究竟是什么？它们既可以因为更多的了解，而为人类创造和提供更好的服务；也有可能因为更多的了解，而实现更好的操控。我们始终面对的敌人，不是技术，不是人工智能，而是没有规则、底线约束而有充分能力操控技术的资本与权力。

如卡塞尔所言，人类的社会确实会越来越好——但需要我们人类，更加地努力。

致
谢

为国为民，侠之大者的导师胡舒立教授、张剑荆博士。

永远心怀希望，永远躬身垂范，永远激励我的吴敬琏老师。

永远创新的理查德·福斯特院士。

永远青春、永远热泪盈眶的原财新诸位创始团队同仁。

国务院发展研究中心《中国经济报告》历任领导：梁仰椿，柏晶伟，崔克亮，马玉荣；给予我在《中国经济报告》工作的机会，从而促成本书出版。

吴晓波老师、唐肖明先生知遇之恩，吴丽、姚臻、杜一凡三位的呵护。

为这个世界重建公共理性的兰芳和蓝方。

慧眼识珠的蓝狮子的邵冰冰老师，本书编辑王雪婷。

以促进思想市场为己任的同路人翠岩、姚兰、闫冬、陈卓、吴素萍。

夜空中最亮的星，请照亮我前行。